マドンナメイト文庫

修学旅行はハーレム 処女踊り食いの6日間

竹内けん

目次

contents

修学旅行はハーレム 処女踊り食いの6日間

第一章　男子なら女子部屋に遊びにいこう

「えー、修学旅行は授業の一環です。遊びにいくのではありません。学生としての本分を忘れることなく、くれぐれも羽目を外しすぎないようにお願いします」

早朝、爽やかな風が吹く校庭には、百人あまりの生徒が集まっていた。

二見《ふたみ》高校は男女共学で、男子生徒は藍色のブレザーに灰色のズボン。女生徒は藍色のブレザーに、灰色のプリーツスカートを着用している。

彼らの視線の先で台座にあがった小林凌《こばやしりょう》は、教師から言われたとおりの台詞をたどたどしく告げた。

「では、出発します。バスに乗ってください」

生徒会長の指示を受けた生徒たちは、ワイワイガヤガヤと三台の観光バスに分乗していく。

その光景を見送りながら、凌は溜め息をついた。

（まったく柄じゃないな）

人様に指図するなどという行為は、何度やっても慣れない。

スポーツを得意としているわけではないし、学業もトップというわけではない。いちおう上位グループに所属しているが、もっといい成績を取る生徒は何人もいる。

風采《ふうさい》にしても、容貌にしても、醜いとくさすほどでもないだろうが、取り立てて希少価値を見出すほどでもないだろう。

自分で鏡を見た感想としては、「まぁ、悪くはないじゃないかな」と思う程度である。

趣味は読書。好きなジャンルはライトノベル。しみじみするほど平凡な面白みのない男だと自覚している。

そんな凡庸な自分が、なぜか生徒会長などというたいそうな肩書を押しつけられねばならないのか、と感慨に耽っていると背中から刺々《とげとげ》しい女の声が浴びせられた。

「会長、なんですか⁉　あのやる気のない挨拶は！　もっとキビキビとお願いします！」

「っ⁉」

背筋をビクンと跳ねさせた凌は、慌てて背後を振り向いた。

しかし、声の主《ぬし》はいない。そこから視線を下げると、つややかな黒髪をショートヘアにして、前髪をヘアピンでとめた少女がいた。

さらされていた秀でた額に陽光が反射して、キランと輝く。

小柄な少女は、凌の視線の動きにイラッとしたようだ。すでに吊りあがっていた眉をさらに吊りあげる。

「今日から修学旅行の本番ですよ。気合を入れてお願いします！」

「わかってはいるんだけどね……」

このプンスカ怒っている少女の名は楠《くすのき》良子《りょうこ》。生徒会の副会長だ。

ちなみに身長は、学年で一番低いらしい。

そのことを過剰に意識しているところもあるようだが、小さな見た目に反して、かなりの存在感を持っている。

正義感は強いし、行動力もあった。小さな体とは裏腹に、全身これ胆といいたくなるほどののど根性の持ち主だ。

学力は常に学年で一位。運動神経も悪くない。実にエネルギッシュだ。

ただし、美少女と称するには表情がきつすぎる。だからといって、美人と称するには背が低いこともあって、妙なかわいらしさを感じさせた。評価の難しい、微妙な外見だ。

女子の制服である藍色のブレザーや灰色のプリーツスカートにはいっさいの皺がなく、スカートの裾は校則どおりに膝をきっちり隠している。足元は白いソックスに、黒光りするような革靴。

神経質なまでに行き届いた装いが、彼女の性格を表しているのだろう。

なんと彼女は、先の生徒会長選挙で、積極的に立候補したらしい。

凌としては、やりたいやつにやらせればいいじゃないかと思い、ぜひとも彼女に当選してもらいたかったのだが、なぜか僅差《きんさ》で凌に負けて落選してしまった。

おそらくだが、投票した生徒たちは考えたに違いない。良子を生徒会長にしたら、規則だなんだとうるさいことを言いまくるに違いない。こんな面倒臭い女をトップにするよりは、凡庸な凌を選んだほうが無難だ、と。

やむなく生徒会長となった凌は、彼女を副生徒会長として招聘《しょうへい》した。

「そうですね。わたしたちにとって、生涯で一度っきりの大事な思い出づくりですよ。生徒会長には頑張ってもらわないと困りますね」

そう柔和な笑みでのたまったのは、平均的な女性よりも少しだけ背が高く、平均的な女性を大きく上回る巨乳を持った女生徒であった。

女性の体形を隠してしまうはずの制服越しにも、圧倒的な存在感を主張していると大きな乳房を下から支えるように、両腕で腹部を抱《かか》えて佇立《ちょりつ》している。

顔には、オーバルタイプの赤い縁の眼鏡。豊かな栗毛色の頭髪を太い一本の三つ編みにして、左肩に垂らしている。

スカートの下には、黒いタイツを穿いているのだが、それ越しにもわかるムチムチの美脚だ。

一見、文学少女といった地味な装いをしながら、隠しきれない色香を垂れ流している彼女は、生徒会の会計を務める寺島詩織《てらしましおり》である。

凌とは、同じ中学校出身だ。とりわけ仲がいいというわけではなかったのだが、同じ高校に進学することになった。

総合学力は凌よりも上だ。

二年生の秋、各クラスから生徒会長に立候補する生徒を一名選ばねばならないことになった。

当然、凌のクラスからは、彼女が選ばれるのだろうと思ったのだが、詩織は凌を推薦。そして、なぜかその意見が通ってしまう。

とはいえ、クラス代表として凌が立候補したのは形式だけのこと、全校生徒が投票する選挙では負ける。恥をかいて終わりだと凌は思っていた。しかし、詩織が選挙対策委員長となって仕切った結果、蓋を開けてみれば当選である。

凌は意趣返しに、彼女も生徒会メンバーに選んだ。

「はいはい……」

凌は気のない返事をする。

詩織は、大企業の重役の娘であるらしい。そのせいというわけではないだろうが、知性的な顔立ちは、どこか社長秘書のような雰囲気をたたえている。

生徒会室でも、率先してお茶をふるまうなどしてきて、かなり女子力も高い。

ただし、生徒会選挙のときの経緯もあり、凌は内心で彼女のことを「魔女」だと認定している。

柔和な笑みは面《つら》の皮一枚だけ。本性は裏で人を操る陰険な策略家だ。

「まったく、修学旅行は高校生活の一大イベントですよ。もっとテンションをあげてください」

良子が跳ねあがるようにして態度を改めるように忠告してくれれば、

「ほら、ネクタイが曲がっていますよ。生徒会長は学校の顔なんですから、身嗜《みだしな》みには気をつけてもらわないと」

夫を尻に敷いた奥様のように、詩織は凌のネクタイを整えてくる。

自分よりも明らかに成績のいい女子二人を部下として使わねばならないというだけで気後《おく》れするのに、さらに良子はキャンキャンと口煩《うるさ》く、詩織は精神的にネチネチと追い込んでくるのだ。凌はなんとなく苦手意識を持っている。

本校の誇る才女二人に挟まれて、いつものように苦言を呈された凌が辟易《へきえき》していると、遠くから大きな声を浴びせられた。

「会長～、なにボヤボヤしているんだ。バスが出発できないぞ」

駆け寄ってきたのは、背の高い少女だ。それにふさわしく肩幅もあり、手足もがっしりして力強い。

長い黒髪を後頭部できっちりと縛ってポニーテールにしている。

この精悍《せいかん》な美人は風紀委員長の伊東《いとう》純《じゅん》だ。剣道部に所属しており、有段者でもある。そのせいか、どこか女侍といった凛々《りり》しさを感じさせた。実際、竹刀を持たせれば、その辺の男など苦もなく叩きのめす。

良子が副生徒会長を受ける条件として、純も生徒会メンバーに入れるように要望してきたので、受け入れた。

良子と純は、家が隣同士で、保育園、小学校、中学校、高校と同じであるらしい。いわゆる親友というやつなのだろう。

生徒会選挙のときには、良子の選挙対策委員長をしていた。

頭の出来は、良子や詩織ほどよくはない。どちらかといえば勉強は苦手なようだ。しかし、幼馴染みの良子がしっかりと家庭教師役をしているらしく、成績は常に中の上あたりにはいる。

身長は、女子としては学年で一番高いらしい。

一番背の高い純と、一番背の低い良子がつるむさまは、まさに凸凹コンビだ。

ちなみに、純は胸も大きい。走るとよく揺れる。ただし、同じ巨乳でも、詩織の乳房が見るからに柔らかそうなのに対して、純の乳房は筋肉に支えられているのだろう。弾力が強そうだ。

「あ、すまない。いま行く」

「クスッチ、ほら、行くよ」

駆け寄ってきた純は、ひょいっと良子を小脇に抱えあげる。

「あ、こら、人を荷物みたいに扱うな！」

「はいはい、暴れない暴れない」

良子は手足をばたつかせて抗議するが、純は手慣れたものだ。左手に抱えて駆けていく。

二人のやり取りに啞然とした凌であったが、気を取り直して傍らの詩織に声をかける。

「ぼくらも行こうか？」

「はい。では、またあとで」

凌と詩織は、三年になりクラスが変わったこともあり、別々のバスだったのだ。

これが二見高校名物、恐怖の生徒会三人娘だ。良子は口喧《やかま》しくて恐ろしい。詩織は精神的に恐ろしい。純は物理的に恐ろしい。

もっとも恐怖を感じているのは、凌だけかもしれないが……。

＊

「お待たせして申し訳ありません」

小走りにバスに乗り込んだ凌は、バスガイドのお姉さんに軽く頭をさげる。

そこに座席の奥のほうから、短髪をサイドアップにした活発そうな少女が立ちあがり、元気よく右腕を振って呼んだ。

「小林《こばやし》く～ん、席、ここだよ。ここ」

「ありがとう」

バスの通路を早足で進んだ凌は、指定された座席に腰を下ろす。

通路を挟んで向かい側で座席を確保してくれていたのは、山田《やまだ》あかり。凌とはクラスメイトで、座席が隣の生徒だ。

女子高生としては中肉中背といったところだろう。顔のほうも、取り立てて美少女というほどではないが、明るい笑顔が眩しい。

健康的な顔立ちは、両親の愛をいっぱいに受けて育ったのだろう、と見る者に感じさせる。

ふだんからスカートの裾はかなり短くしており、風が吹いたら簡単に中身が見えてしまうのではないかとヒヤヒヤする。足元はルーズソックスだ。

実に女子高生らしい女子高生といえるだろう。明るく元気。好奇心も旺盛。ただし、勉強はあまり得意ではない。いや、はっきり言って苦手だ。

クラスで最低の成績を誇り、凌がノートを貸してやらなければ留年する危険も十分にあった。

そのことを恩義に感じてくれているようで、なにかと便宜を図ってくれている。

凌は反対側、窓辺の座席に腰を下ろし、耳にはイヤホンをして、大きなファッション誌に目を落としている少女にも挨拶する。

「遠藤《えんどう》さん、お邪魔するよ」

「うん……」

チラリと目線だけを向けて言葉少なく応じた少女は遠藤花音《かのん》。脱色した短髪を左右非対称にしていた。いわゆるアシメと呼ばれる髪型だ。

細い体つきをしていて、肌の色は透き通るように白い。

小柄で痩せた体は、まるで妖精のようである。

いわゆる意識高い系というやつらしく、自分の世界感を持っているタイプだ。そのため、クラスメイトとあまり馴染めないようである。

なんでも、お洒落が好きらしく、雑誌の読者モデルに投稿して採用されたこともあるらしい。

「はぁ〜」

バスの座席に深く腰を下ろした凌は、安堵の溜め息をついた。

そんな様子を察したあかりが、通路越しに質問してくる。

「まぁ〜た、あの生徒会の鬼女たちに虐められていたの？」

「まぁ〜ね」

凌は苦笑する。

意図したわけではないのだが、生徒会のメンバーは凌以外、全員女だ。

ただでさえ、男独りで肩身が狭いのに、いずれの役員もかなりアクが強い。

凌としては、彼女たちに囲まれていると、それだけで気疲れしてしまう。その視線がないというだけで、安堵を覚える。

「まったく、あいつら小林くんの部下だというのに、いつもいつも偉そうなんだよね。ギャフンといわせてやるといいよ」

憤懣《ふんまん》やるかたないといった顔で、あかりは慰めてくれる。

彼女は凌の友だちとして、凌をこき使う生徒会女子を毛嫌いしているようだ。

もっとも、気位の高い生徒会の女子たちは、あかりのことなど歯牙《しが》にもかけていないようだが……。

「まぁ、まぁ」

いまにも生徒会の女子に喧嘩を売りにいきそうなあかりを、凌は宥《なだ》める。

あかりはいい子ではあるが、学力でも、腕力でも、悪知恵でも、口の上手《うま》さでも、生徒会の女傑たちには歯が立たないだろう。

「うんしょ」

不意に気の抜けたかけ声とともに、凌の顔の右側にプニッと柔らかい感触を受けた。

「っ!?」

視線を向けると、そこには藍色のジャケット越しに、巨大な胸が迫っていた。

「あ、ごめんなさい」

凌の顔に胸を押しつけて謝罪したのは、クラスメイトの加賀谷実和子《かがやみわこ》だ。

どうやら、荷物を座席の上の棚に置こうとしているようだと察した凌は、慌てて席を立つ。

「手伝うよ」

「うわ、ありがとうございます」

両手を合わせた実和子は、ふんわりと笑う。

その笑みを至近距離で受けたら、どんな男でも胸がときめいてしまうことだろう。

凌もまた頬が赤くなるのを感じた。

実和子は、あかりの親友だ。

まるで砂糖菓子で作られたかのような幸せそうな顔に、ふわふわとした柔らかく軽そうな髪を二つ結びにしている。

背はあかりとそう変わらないが、体重は実和子のほうがあるだろう。肉づきがいいのだ。主に胸元の……。

学年一の巨乳の持ち主として、男子生徒の間ではひそかに有名な少女だ。

おっとりとした性格で童顔。勉強はあまり得意ではない。だから、大学進学などは考えておらず、高校を卒業したら保育園の保母さんになりたいという話だ。

同じ巨乳少女でも、生徒会会計の詩織のような腹黒娘とは違って、まさに天使のような少女である。

巨乳で童顔。おっとり優しくて、少し頭は弱め。はっきりいって男子受けする要素が詰まった女子である。当然、男子からの人気は非常に高い。

「？」

凌が動揺しているさまに、実和子は軽く小首を傾《かし》げる。

「あはは、とにかくもう座って、もう出発するよ」

「はい」

こうしてバスは出発した。

凌の座席は、バスの後ろから三番目。

横四列で、進行方向を向いて座った凌の左手に、不思議少女の花音。右手には通路。その向こうに元気なおバカ娘のあかり、さらにその向こうの窓辺に童顔巨乳の天使少女・実和子というかたちだ。

凌は持参したライトノベルを取り出した。

移動の間、読書で時間を潰すつもりだ。その意味で、隣が同じくファッション誌を静かに読んでいる花音であったのはありがたい。

これが騒がしいあかりであったらたまったものではない。

ちなみに通路を挟んだ向こう側では、あかりと実和子がさっそくお菓子を広げて談笑している。

「小林くん、ポッキー食べる？」

あかりに勧められた凌は、首を横にふる。

「いや、いまはいいよ」

「え～、残念。おいしいのに」

あかりはさらに凌の向こうの花音に声をかける。

「かの～ん、ポッキーだよ～」

「あ、ありがとう……」

花音は戸惑いながらも素直に受け取った。

いわゆる「不思議ちゃん」である花音は、クラスで孤立しがちなのだが、あかりはまったく気にせずに友だち付き合いをしている。

花音としても、この自分の領域を遠慮なく侵略してくるあかりのことが嫌いではないらしい。

（いい娘だよなぁ）

姦《かしま》しくおバカではあるが、威圧感たっぷりの生徒会女子たちよりも好感を覚える凌であった。

＊

「おお、来ました！　ここぞ土方歳三《ひじかたとしぞう》さまが、命をかけて守られた王都！」

夕方、バスは京都に到着。

生徒たちはバスから降りた。各クラスの委員長が点呼を取り、それを生徒会に報告してくる。

唐突に雄叫びをあげたのは、風紀委員長の伊東純だ。

みんなが驚いて視線を向けると、ポニーテールの大柄な少女は感極まったようすで両腕を広げている。

「我、死して屍《しかばね》拾う者なし！」

「え～と、なにあれ？」

戸惑った淩は、純の親友である副生徒会長の良子に質問する。

「放っておいてあげて……」

疲れを隠しきれない顔を背けた良子は、他人のふりをしている。

「ああ、土方さま、あたしは死に番をいつでも承《うけたまわ》ります」

古都の空気に酔いしれている風紀委員長のことを、生徒一同は生温かい目で見守りつつ、ホテルに入る。

修学旅行中の定宿とするホテルは、古都としての風情《ふぜい》はあまり感じられない鉄筋コンクリート造りの近代的な大きな建物だった。

おそらく日本中の学生の修学旅行の宿泊先として利用される定番のホテルなのだろう。

エントランスには大きな木製の看板が立てかけてあり、そこに宿泊する高校名が書かれている。

当然、二見高校の名札があり、さらにもう一つ。

「あ、聖母《せいぼ》学園も同じホテルなんだ」

目ざとく見つけたあかりが声をあげた。

「ああ、そうみたいだな」

地元の有名なお嬢様学校だ。ちなみに湊たちの高校よりも、かなり偏差値が高い。

「聖母学園といえば、たしか……」

巨乳を左腕で支えた詩織は、右手の指を顎にあててなにやら考える表情をしている。

ホテル内は、それなりの高級感はあり、ロビーの中央に置かれた盆栽など、見るからに高価そうだ。

その室内いったいに、クリーム色を基調としたセーラー服を纏った少女たちが大勢たむろしていた。

「うわ、聖母学園だ」

二見高校の生徒たち……主に男子が感動した声を漏らす。

さすがはお嬢様学校。

同じ高校生でも、みんな頭がよさそうに見える。気品に満ちた美人に感じるのは、偏差値で負けているゆえの僻《ひが》み根性のなせる錯覚なのだろうか。

「会長、あまり女子を見て鼻の下を伸ばさないでください。みっともないですよ」

良子に注意を受けた。

「いや、そんなつもりはないんだが……」

凌は頭をかく。

「……やっぱり、いた」

詩織が呟いたのとほぼ同時に、あかりが感嘆の声をあげた。

「うわ、あのひと、綺麗⁉」

だれを指しているかは、指摘されるまでもない。

凌たちに続いてホテルに入ってきた生徒、とりわけ男子生徒は一人残らずその女性に目を奪われていた。

聖母学園の女生徒たちは、みな華やかで美しかったが、その中でも別格といえる美人である。

腰まで届く黒髪は、烏《からす》の濡れ羽色。面細の顔に、切れ長の瞳。長い睫毛。造形美として極めて整っているのはもちろんだが、立ち居振る舞いが彼女の美しさをより際立たせているようだ。

すらりとした立ち姿は、まるで磨きあげられた刀剣のようだ。

いや、その華やかで冷たい雰囲気は、さながら氷漬けにされた真っ赤な薔薇《ばら》といったところだろう。

これぞ、絶世の美人という言葉を体現したかのようだ。

（あれは？）

男子生徒たちの視線を集めていた女性は、周囲の女生徒と談笑していたが、凌の視線を察したのか、黒い真珠のような瞳を向けてきた。

ゾク……。

目に見えない矢で射抜かれた凌は、背筋が泡立つのを感じた。

世の中、怖いほどの美人というのはいるものである。

軽く驚いた表情を浮かべた彼女は、友だちと別れて歩きだした。

「あ、こっちにきた」

あかりが驚いた声を出す。

その女性は、まっすぐに凌に向かって近づいてくる。

みなが戸惑っているうちに、恐ろしいまでの美人は、凌の前で立ち止まった。

そして、丁寧に頭を下げる。

「二見高校の方ですね。わたくしは聖母学園の生徒会長を務めさせてもらっている清《し》水美咲《みずみさき》と申します。同じホテルということで、なにかとご迷惑をかけることもあるかもしれませんが、どうかよろしくお願いします」

「これはご丁寧にありがとうございます。こちらこそ、ご迷惑をかけるかもしれませんが、よろしくお願いします。二見高校生徒会長の小林凌です」

凌も慌てて頭を下げる。

頭を上げた美咲は、右手の拳を口元にあてて楽しげな含み笑いをした。

「うふふ、小林くん、お久しぶりね」

「ああ、清水さんも、お変わりなく」

二人が挨拶を交わしたことで、あたりがどよめく。

「小林くんの高校も、京都だったのね」

「ええ」

気後れした凌は言葉少なく頷く。

「中学の卒業式以来だから、三年ぶりね。まさか、こんな異郷の地で再会できるだなんて、すごい偶然もあるのね」

「そうだね」

親しく声をかけられて、凌はどぎまぎしてしまう。

「それにしても、あの小林くんが高校で生徒会長をしているなんて思わなかったわ。歳月は人を変えるのね」

「清水さんは、高校でも生徒会長なんですね」

「ええ、柄ではないのですけどね」

いや、この上なくハマっています。彼女がだれかの下というのは似合わない。常に人の上にいることこそふさわしい。女王の風格がある。

「生徒会長。そちらの方は」

凌と美咲の談笑の間に、険しい顔をした聖母学園の生徒が一人、美咲を守るようにして割り込んできた。

背がすらりと高く短髪。前髪をパッツンと切りそろえている。

宝塚《たからづか》の男役にでもいそうな、カッコイイ女子だ。

「お知り合いですか?」

「ええ、こちらの小林くんとは同じ中学で、同じクラスだったのよ」

「左様でしたか」

前髪ぱっつん女は値踏みするように、いや、汚らわしい物でも見るかのように凌を見た。

「正木《まさき》さん、そんなに警戒しないでいいわ。小林くんは信頼できる方よ」

「しかし、汚らわしい男です。たまたま宿が同じというだけで、他校の生徒と必要以上に親しく会話する必要はないと思います。それに会長が男と談笑しているところを一般生徒に見られては、示しがつきません。みんなの風紀が緩みます」

「……そうね」

正木と呼ばれた女子の嫌悪もあらわな発言に、美咲は呆れたように肩を竦《すく》める。

「ごめんなさい。気を悪くしないでね。うち女子高だから、男に偏見を持っている子が多いのよ」

「はぁ……」

凌はなんと答えていいかわからず、生返事をする。

「では、小林くん。お互い楽しい修学旅行になるように頑張りましょう。生徒会長同士、お話する機会があればいいわね」

「そうだね」

「ごきげんよう」

優雅な一礼を残した美咲は、取り巻きの少女たちを従えて颯爽《さっそう》と去っていった。

そして、彼女が見えなくなると同時に、あかりが詰め寄る。

「なになに、小林くんの昔の恋人？」

「まさか、ただの中学校時代の同級生だよ」

凌は苦笑いをする。

詩織が口をはさんだ。

「彼女は中学校時代から、『清流の君』という綽名《あだな》で呼ばれるほどの有名な方よ。残念ながらわれらの生徒会長では、鼻にもかけられないから安心していいわ」

「う～ん、そうなんだ」

「まぁ、あんな美人が、うちの会長みたいな怠け者を相手にするはずがないですよね」

良子の皮肉に対して、正確な指摘だと感じた凌は憮然と応じる。

「悪かったな。それはそうと先生が呼んでいる。ぼくたちもチェックインしよう」

＊

ホテルに到着したのは夕方だったので、初日は、観光をすることなく、部屋割りをしてから、夕食。そして、入浴して就寝という流れになる。

生徒会の雑用を済ませた凌が、ホテルの大浴場で風呂に入ってから自室に戻るべく独り廊下を歩いていると、同じく風呂あがりらしくホテルのアメニティの浴衣を着たクラスの女子たちとばったり会った。

あかり、実和子、花音の三人組だ。

「小林くんは、もう生徒会の仕事は終わった？」

あかりの質問に、凌は答える。

「うん、あとは部屋に帰って寝るだけ」

「なら、少しあたしたちの部屋でお話していかない？」

気軽に誘われた凌は、首を横にふる。

「いや、女子部屋に男子が入るのはまずいよ」

「少しなら大丈夫だって、ね」

あかりが友人たちに確認を取ると、実和子はふんわりと頷いた。

「そうですね。わたしも小林くんとお話してみたいです」

「花音もいいでしょ？」

「ウィー」

花音は無表情にコクンと頷く。

「いや、でも……」

「いいからいいから♪」

「いいからいいから♪」

笑顔のあかりは、凌の右腕を強引に引く。それに乗った実和子も笑顔で凌の背中を押す。花音は部屋の扉をあけた。

「じゃん、小林くんを連れ込みました」

「お見事」

花音は無表情に拍手してみせた。

彼女たちの部屋は、三人部屋のようだ。すでに布団が敷かれている。

「さぁ、座って♪　座って♪」

あかりの指示に従って、布団を座布団代わりにして座る。

「さて、なにして遊ぶ？」

あかりの質問に、花音が手を挙げた。

「トランプ、ある」

「おお、さすが」

「わたし、ババ抜きか七並べしかできないよ」

実和子が恥ずかしそうに言ったので、凌は三人の女子と七並べをすることになった。女の子たちというか、あかりと実和子はキャッキャッと騒いでいる。花音は相変わらず無表情だが、それなりに楽しんでいるようだ。

(修学旅行で女子の部屋にあがり込んでトランプか……。これはいい思い出だよな。いっ!?)

ちょっとした幸福感に包まれた凌は、なにげなくあたりを見渡して絶句した。

少女たちは三人とも浴衣姿で座っているのだ。

当初こそ、浴衣の裾を気にして正座をしていたが、時間が経つとともに腕まくりしたり、女の子座りになったり、胡坐《あぐら》をかきだした。

そのせいで浴衣は着崩れてきて、胸元が開いてきている。

三人とも風呂あがりで、あとは寝るだけということで、ブラジャーをつけていないようだ。

特に実和子がヤバイ。

大きな胸がいまにもポロリとこぼれ出そうだ。白く豊満な胸の谷間が眩しすぎる。

「っ!?」

息を飲んだ凌は、慌てて視線を反らした。

すると正面に座っていたあかりは、胡坐をかいており、浴衣の裾が完全にめくれていた。

むっちりとした健康的な太腿の奥に、ピンクと白の縞パンが覗いている。

視線を横に動かすと、実和子は白地にアニメ調の熊のワンポイント、花音は黄色地にフリル付きだった。

青少年にとっては目の毒だ。

（指摘すると、見たということになって藪蛇《やぶへび》だよな？）

かくして凌は見て見ぬふりをしていたのだが、動揺は抑えきれずに、気づいたらトランプの勝敗は決まっていた。あかりが嗤う。

「はい、小林くんの負け！」

「小林ちょろい」

花音まで済ました顔でくさしてくる。

「あはは」

他のことに気を取られていて、なにも考えていなかった凌としては笑ってごまかすしかない。

ふいにあかりが真顔で質問してきた。

「ねぇ、小林くんみたいな真面目な人でも、女の裸って気になるの？」

「えっ⁉　いや、それは……まぁ、人並に……」

気になってあたりまえと言いたいところだが、そう断言するには躊躇《ためら》いを感じるのが、思春期の童貞少年というものだろう。

右手で頬をかきながら言葉を濁す凌を前に、あかりは悪戯っぽく笑った。

「見せてあげようか？」

「え？」

悪戯《いたずら》っぽく笑ったあかりは、実和子の背後に回り込む。

「出血大サービス。ミワちゃんの九十センチ、Hカップおっぱいだ」

あかりは、浴衣の合せ目を左右に開いた。

「キャッ！」

おっとり少女がなにをされたかわからないうちに、健康的な両肩が露出し、さらに胸が飛び出す。

（で、でかい⁉）

男子生徒の間で、天使と名高い。童顔巨乳の優しい女生徒の生乳を前に、凌は目を剝いて硬直した。

ぷるりんとしたまるでプリンでできているかのような大きな肉の塊《かたまり》は、まさに天使のおっぱいだ。

あまりにも大きすぎるのか重力に負けて垂れ気味なのが生々しい。その乳白色の肉山の頂には、ピンク色の桜が咲いている。

「このおっぱいは反則だとあたしも思う」

悪戯っぽく笑ったあかりは、さらに両手を実和子の二の腕の上から回して、両の乳房をわしづかみにした。

「う〜む、いいおっぱいだ。これには小林くんが気を取られるのも仕方がないわ」

「あわ、あわわわ……」

実和子は動転して硬直している。その間に、あかりはまるで乳牛から乳でも搾るように、柔らかい乳房を根元から先端へと揉みあげる。

「うん、このおっぱいは犯罪的だとぼくも思う」

花音は無表情のまま右手の人差し指を伸ばすと、美佐子の乳首を突っつく。

「ちょ、ちょっと二人とも、やめなさ〜い」

実和子は叫ぶが、あかりと花音は悪戯をやめない。

「あ、乳首立ってきた。もしかして、加賀谷、感じている？」

「ケッケッケッ、ミワちゃんってば、小林くんにおっぱい見られて感じちゃってい
る？」

「もー、やめなさーい」

友人二人の凌辱に耐えかねた実和子は、顔を真っ赤にして力の限りを振り絞ってな
んとか魔の手から脱出し、両手で胸元を抱いてうつぶせになる。

「はぁ……はぁ……はぁ……」

浴衣に包まれた大きなお尻を翳《かざ》しつつ、しばし呼吸を整えていた実和子はやがて地
の底から湧き出るような声を出して、ゆっくりと顔をあげた。

「アカリ〜ン、花音ちゃ〜ん」

天使と称される少女の顔の上半分に影が差している。

「ひっ⁉」

あかりと花音は、戦慄した悲鳴とともに後ずさる。

「わ、わたしだけおっぱいを見せたのは不公平です。アカリンと花音ちゃんも、小林
くんに見せてください」

「えぇ〜、あたしの裸なんて見ても、小林くんは喜ばないよ」

「ぼくも小さいし」

あかりと花音は、口々に反論するが、実和子は許さなかった。

「見たいですよね。小林くん」

「そりゃあ……見たい」

実和子の有無を言わさぬ迫力に負けた凌は、冷や汗を流してのけ反りながらも頷いた。実和子は勝ち誇る。

「ほら、見たいって言っていますよ～」

あかりはチラチラと凌の顔を見ながら、ためらいがちに口を開く。

「しかたないな。小林くんがあたしのおっぱい見たいなら、見せてあげてもいいけど……」

「わかった」

ふだんは優しい実和子に怒られてしまった、あかりと花音はしぶしぶ頷いた。

「う～、ミワちゃんに比べて小さいからって、笑わないでよね。ほら」

含羞に顔を赤くしながらも、あかりは自ら浴衣の胸元を開いた。

あらわとなった乳房は、大きくもなく小さくもなく、おそらく高校三年の女子の乳房としては平均的な大きさなのではないだろうか。

もっとも、凌がネットなどで見たことのあるアダルト女優たちの胸よりは圧倒的に小さい。

それはそうだろう。あちらは大きいからこそプロになったのだ。あかりは裸で金を稼いでいる女性ではない。どこにでもいる平均的な女子高生だ。学業の成績は平均以下だが……。

「ぼくは、小さいというより、ほとんどないから……」

スレンダー美少女である花音は、無駄な贅肉がないだけあって、胸も小さかった。ほとんどお皿といっていいレベルである。

「うわ……」

同級生の生乳を前に、凌は言葉もなく注視する。

あかりの乳首は肌色に近い。花音の乳首は小梅のようだ。

我を忘れて見入っている凌に、あかりがためらいがちに提案してきた。

「どうせだから、触ってもいいよ?」

「いや、そういうわけには……」

遠慮する凌の右手を、花音がとった。

「毒を食らわば皿まで」

凌の右の手のひらが、花音の薄い胸に添えられる。

「あ、ならあたしも」

あかりは、凌の左手を取って自らの乳房に添える。

「……」

右と左の手のひらに、まったく違う柔らかい感触がする。

もちろん、凌が女性の乳房に触れたのはこれが初めてだ。

「ねぇ、わたしたちのおっぱい触って、どんな感じ？」

あかりの質問に、凌は戸惑いながら答える。

「いや、なんというか、大変けっこうな感触です」

凌の両の手は自然と、平均的な乳房と小さめの乳房を揉み込む。

「こ、これヤバいかも」

「うん、ドキドキする」

胸を揉まれている少女たちは、瞳を潤ませ、顔を紅潮させている。

そんなさまに向かいに座っていた巨乳少女が、頬を膨らませた。

「もう、アカリンと花音ちゃんの二人だけずるい。わたしも混ぜて」

そういって実和子は、自ら再び浴衣の胸元を再びはだけさせると、白く巨大な二つの乳房を持って突進してきた。

バフッ！

両手で頭を抱きかかえられた。すなわち、凌の顔がプリンのような柔らかい肉の塊に包まれる。

（こ、これは……!?）

巨乳を顔面に、普乳、微乳を両手に感じて、凌は硬直する。

（ああ、女の子たちってなんでこんなにいい匂いがするんだ）

脳が蕩ける体験というのはこのようなことを言うのだろう。凌にとっては長いようで、短い時間が流れた。

しばらくしてあかりが口を開く。

「うわ、小林くんみたいな真面目な人でも、おち×ちん大きくなるんだね」

「うん、すごいテント張っている」

「えっ、なになに」

花音の声を聞き、実和子がなにごとかと凌の顔から乳房を外す。

胡坐をかいている凌の股間に、三人の少女の視線が集まっていた。

凌も見下ろすと、浴衣の裾からトランクスが露出しており、中からつっかえ棒が持ちあがっている。

「……」

三人の少女は顔を真っ赤にしており、なんとも気まずい空気が室内に漂う。

ややあってあかりが身を乗り出す。

「ねぇ、あたしたちのおっぱい見せてあげたんだし……。今度は小林くんのおち×ちん見せてくれない？」

あかりの提案に、凌は絶句する。

しかし、たしかに乳房を見せてもらったのに、自分は拒否するのでは不公平というものだろう。

「わ、わかったよ」

覚悟を決めた凌は立ちあがると、トランクスを脱いだ。

浴衣の狭間《はざま》から勢いよく肉棒が飛び出す。

「おおっ⁉」

乳房を丸出しにしている三人娘が、凌の股間に身を乗り出す。

「これが小林くんのおち×ちんなんだ」

というのが実和子の感想。

「真面目な顔して、意外と大きい」

というのがあかりの感想。

「生徒会長は巨根？」

花音の感想を、凌は否定した。

「いや、普通だと思うよ」

他の男子の勃起した逸物を見たことはないが、自分が特別大きいなどと考えたことはなかった。

あかりが頬をこわばらせながら口を開く。

「そこを大きくしているってことは、小林くんはあたしたちとやりたいってことだよね？」

「いや、それは……」

「いいよ」

あかりのあっさりとした宣言に凌は絶句する。

「え？」

「だから、小林くんがやりたいんだったら、このおち×ちん、あたしの中に入れちゃっていいよ」

「ちょ、ちょっとアカリン！」

実和子が驚愕の声をあげる。

「だって、あたし高三なのにまだ処女だよ。早く処女を捨てた～い」

「高校生で処女は普通だって」

実和子の言葉に、あかりはうらめしげな顔をする。

「うー、大人の余裕だ。ミワちゃんも、花音もときどき男に告白されているじゃん」

「わたしは断っています」

「え～、なんで？」

親友の追及に、実和子は恥ずかしそうに胸元を抱く。

「だって、男の人ってみんな、わたしの胸ばかり見ているんだもん」

「ぼくも断った。男と付き合うの面倒臭い」

花音も真面目に答える。

あかりは両の手のひらを上に向けて叫んだ。

「嘘だ～。女子高生はもてまくりでやりまくりだってよく言うじゃない。ミワちゃんや花音ちゃんみたいなかわいい子が、処女のはずないじゃん」

どうやら、あかりは変な本でも読んで、偏った知識を仕入れてしまっているようである。

（さすがバカ娘）

凌は少し頭痛がした。

学力は高くないが、いたって常識人の実和子は叫ぶ。

「女子高生で、処女は普通です！　クラスのみんなだって、ほとんど処女だよ」

「ぼくも……処女」

花音はぼそりと応じる。

（どうでもいいが、男のいる前で、かわいい女の子たちがあまり処女処女と口走らないでもらいたいものである）

女子トークを前に、平凡な高校生男子はいたたまれなくなる。あかりは叫ぶ。

「ウソだ。ミワちゃんも、花音も、あたしに隠れてやりまくっているんだ」

「そんなことしていません。わたしは正真正銘の処女です」

「なら、証拠見せて」

変な迫力を持ったあかりに詰め寄られて、実和子は戸惑う。

「証拠と言われても……」

「処女膜検査すればわかる」

「ええっ!?」

実和子が戸惑っているうちに、あかりは押し倒してまんぐり返しにしてしまった。

そして、熊のワンポイントパンティを剝ぎ取り投げ捨てる。

「キァ～、ちょ、ちょっとなにをっ!?」

実和子の悲鳴を無視して、あかりはぽわっとした陰毛の芽吹く肉唇を開く。

「う～、影になってよく見えない。小林くん、たしかその辺に、懐中電灯があったから持ってきて」

「あ、ああ」

凌は戸惑いながらも、部屋に備え付けられていた非常用の懐中電灯を持って近づく。

「ここ、照らして」

実和子の股間にはふわっとした陰毛が萌えていた。

その中に鮮紅色の媚肉がある。もちろん、凌は初めて見た異性の生殖器だ。

あかりは指で強引に、肉裂を割っただけではなく、膣孔の四方に指を配して、無理やり開く。

その穴に、凌は懐中電灯の光を落とした。そこには白っぽい膜があり、中央には小さな穴が開いていた。

そこから、ツンとした甘酸っぱい匂いが立ち昇ってくる。

いわゆる処女臭というやつだろう。

「ほんとだ。ミワちゃんに処女膜あった」

「うん、綺麗な処女膜」

横から花音も興味津々で覗いている。いくら女性であっても、他人の処女膜など見る機会などないだろうから、好奇心を刺激されるのだろう。

「じゃ、次は花音」

「え！」

「処女膜見せろ～」

実和子を解放したあかりは、ついで花音に襲いかかり黄色いパンティを奪い取ると、同じようにまんぐり返しの姿勢に固める。

「小林くん、明かり」

「ああ」

花音の陰毛は、実和子に比べると薄かった。いや、薄いというよりも、ほとんど生えていない。いわゆるパイパンというやつだろうか。

あかりはここでも肉唇を割り、膣孔を拡げる。

「へぇ～、おしゃれ番長の花音でも処女だったんだ」

「だから処女だと言った」

クパァを強要された花音は頬を紅潮させながらも、あきらめたような澄ました顔で応じる。

「花音ちゃんの処女膜の穴って縦長だね。いや〜いいものを見せていただきました」

友だちの陰阜《いんぷ》から手を離したあかりは、パンパンと柏手を打った。

そこに実和子の陰々とした声が響く。

「アカリ〜ン。いや、あかりちゃん。次は当然、アカリンの処女膜検査の番だよね〜」

「いや、そんなことしなくてもあたしはバリバリの処女だって、そんなことみんなわかっているでしょ」

いまさらのように頬に汗を流したあかりは逃げようとしたが、その背後から花音ががっしりと抱きつく。

「ぼくたちの処女膜をさらしておいて、自分は逃げるとかありえないから」

「そうだね。ここで逃げたら、わたしたちの友情、終わると思うの」

「くっ、わかったよ。みんなであたしの処女膜を見て笑えばいいんだ」

覚悟を決めたあかりは、自ら白地にピンクの縞模様の入ったパンティを脱いだ。そして大股開きとなり、陰唇をくぱぁと開いてみせる。

「はい。小林くん、アカリンの処女膜も見てあげて」

「ああ」

実和子に促《うなが》されて、あかりの股間にも懐中電灯の明かりを落とす。

あかりの陰毛は毛足が短いが、楕円形にかなりの広範囲に繁茂しているようだ。

膣孔の奥には半透明の膜があり、二つの穴が開いていた。

「へぇ～、あかりもちゃんと処女だったのね」

「アカリン、オナニーのとき、ここ弄《いじ》るでしょ」

実和子があかりのクリトリスとおぼしき部分を突っついた。

「ちょ、ちょっと、そこ弄るのはなし。も、もう、いいでしょ」

かくして、修学旅行ゆえのハイテンションで悪乗りして、互いに処女膜を見せ合った女子高生三人組は、いまさらのように羞恥心に襲われたようだ。

みな一様に黙り込んで、股間を手で押さえて押し黙っている。

「……」

ややあって実和子がぽつりと呟く。

「わたしたち、もうお嫁にいけない……」

「あ、あはは……大丈夫だって。それより処女のほうが気持ち悪がって、男は寄ってこないって言うよ」

あかりの主張は虚空《こくう》に吸い込まれるようで、あたりにはいたたまれない空気が漂う。

それを振り払うようにあかりは叫んだ。

「あぁ～、やっぱりあたし、処女を捨てたい。小林くん、お願い、あたしの処女膜を破って」

「いや、いやいやいや……」

凌も思春期の男子だ。女性に興味はあるし、セックスもしてみたいという願望はある。

しかし、切実に恋人がほしいという願望はなかった。

勉強しなくてはならないし、読みたい本はあるし、遊びたいゲームソフトもある。

やりたいことがたくさんあったのだ。

あかりはその場で大股開きとなり、再び肉裂を開いた。

「別に付き合ってとか、恋人にしてとか、言っているわけじゃないから安心していいよ。ただ小林くんのおち×ちんでやられたいの」

「アカリン抜け駆け。わたしだって小林くんにやられたいよ」

実和子もまた、その場で大股開きとなり、陰唇を開いてみせる。

「うん、ぼくも小林にならやられてみたいかも……」

花音まで大股開きとなった。

「いやいやいや、きみたち。これはいくらなんでもおかしいだろ」

凌から見て、中央にあかり、右手に実和子、左手に花音がいる。

仲のいい女子生徒が布団の上で三人並んで大股開きという状況に、凌は混乱した。

まるで淫夢を見ているかのようだ。いや、このような状況は夢にすら見たことはないと思う。

どの女の膣孔からもトロトロと蜜が滴っている。

凌が動けずにいると、あかりが涙目で訴えてきた。

「お願い、もう小林くんに処女膜まで見られちゃったわけだし、ここはズボッと破ってもらわないと女としてのメンツがたたないというか、収まりがつかないの」

「あ、ああ」

凌はふらふらと大股開きの三人娘に近づいていった。

浴衣の裾から飛び出した逸物は、痛いほどにいきり立ち、先端からはダラダラと先走りの液を垂らしている。

それに、ここまでしてくれている女性にやらないのは、かえって彼女たちに恥をかかせる行為に思えた。

「い、いいんだな。ほ、本当に三人ともやっちゃうぞ」

「うん、根元までずっぽりお願い」

覚悟を決めた凌は、いきり立つ逸物の切っ先をまずはあかりの膣孔に添えた。

左右の二人が残念そうな顔をしたので、凌は慌てて言い訳をする。

「え、えーと、まずは山田さんに入れるけど、大丈夫、三人とも絶対にやるよ」

「わお、さすが生徒会長。絶倫だね」

花音の揶揄《やゆ》に、凌は笑う。

「高校生男子の性欲をナメるなよ。三連発ぐらい、みんな普通にできるんだからな」

凌は自分をそれほど性欲の強い男だとは思っていなかった。しかし、思春期の男子である。

オナニーで連続三回射精することも苦ではない。一日に十発出したこともあるのだ。仲間内のバカ話では、一日に二十回出したという猛者《もさ》もいる。

そう考えると、三人を相手にすることもできるだろう。

（よし、やってやる）

気合を入れた凌が、腰を進めようとしたとき実和子が跳ね起きた。

「あ、待って。ホテルだし、シーツに血が付いたら大変だと思うの」

「あ、ああ……そ、そうだね」

実和子はタオルを取ってくると、三人の尻の下に敷いた。そして、自ら再び仰向けになる。

「これでよしっと。さぁ、やっちゃってください」

「あ、ああ……」

いささか気をそがれた思いを感じながらも、凌は腰を進めた。

肉棒があかりの体内に沈んでいく。亀頭部が隠れる前に、先端に柔らかい膜を感じた。

(これがさっき見せてもらったあかりの処女膜か)

あかりは忌み嫌っているようだが、各女性にたった一枚ずつしかない貴重なものだ。それを破らせてもらえるというのだから、光栄なことだろう。

(まさかあかりとセックスする日がこようとは……)

学校の成績が悪く、なにかというと凌に頼ってくるあかりは、まるで出来の悪い妹のような存在にしか感じていなかったのだ。

しかし、今はどうしようもなくいとおしい。

あかりのすべてを、自分のものにしようと逸物を押し込んだ。

ブツリ！

たしかに膜を突き破った感覚があり、その後、ずるずると道なりに逸物は沈んだ。

「くっ」

あかりの体がビクンと跳ねて、膣孔がぎゅっと肉棒を締めてきた。同時にきつく閉じたあかりの目じりから涙があふれている。

「山田さん、大丈夫？」

「だ、大丈夫だよ。でも、まさか、小林くんに処女をもらってもらえるとか思わなかったから、ちょっと感動している」

「ぼくもだ。山田さんの初めての男になれてうれしいよ」

できるだけ男らしく応じながらも、凌は初めての女隧道の感覚に酔いしれる。

（これが女の、いやあかりのオマ×コの中、ヤバイ、滅茶苦茶気持ちいい）

初めての女性の体内はほんのりと温かかった。それでいてザラザラとしたまるで猫の舌のような柔肉に包まれてしごかれる。

ドビュドビュドビュ……。

気づいたときには射精してしまっていた。

「はぁ、すごい、中でビュービューいっている」

「ごめん、中に出しちゃった」

「いいよ、これぐらい。あたしも女だし、後処理の方法ぐらい知っているよ……」

あかりのやさしさに甘えて、逸物をひっこぬく。

ちゅぽん♪

外界に姿を現した逸物は、愛液と精液。そして、破瓜の血に塗《まみ》れていたが、まったく小さくなっていなかった。

「その……このまま加賀谷さんの中にも入れていいの？」

「ええ、わたし、やられるなら小林くんがいいなってずっと思っていたんです」

「そ、そう……。加賀谷さんがいいんだったら、このまま入れさせてもらうね」

戸惑いながらも淩は、実和子の股の間に移動し、あかりの体液と淩の体液で濡れ輝く逸物を添える。そして押し進めた。

ブツン！

またも女の大事な膜が破れた感触が伝わってきた。

（うわ、ぼく、いま加賀谷さんの処女まで食っちゃったよ）

おそらく二見高校の男子たちの間で、もっとも人気のある女子は実和子だ。

生徒会の女子たちはみな美人で頭はよかったが、なにせ性格がきつい。また恋人にするという意味では、頭がよくて、しっかり者の女よりも、多少抜けていて、優しい女性のほうが好まれる。そのうえ、実和子は学年一の巨乳の持ち主だ。

(うわ、加賀谷さん、オマ×コの中はふわふわしている。あかりと全然違う)

どうやら、女性の膣洞には個性があるのだと実感できた。

(ということは、花音のオマ×コもまた違うのか？　楽しみだ)

ムチムチとした抱き心地のよい女体を犯しながら、次の女性の抱き心地を想像するという最低のことをしながら、凌ははじめて腰を使った。

「あん、あん、あん」

実和子は両手で、凌の背中を必死に抱きしめてきた。おかげで胸板に巨乳が押しつけられて潰れる。

(た、たまらん)

あかりのときは腰を使う余裕などなく射精してしまったが、一度出したことで多少の余裕が生まれた。

夢中になって腰を前後させる。

しかし、気持ちよすぎる女体の犯し心地に、まだ童貞を卒業したばかりの逸物は長くは保《も》たなかった。

ドビュ!!!

「ああ、熱いの……入ってくる……」

膣内射精をされた実和子は、四肢でぎゅっと強く凌を抱きしめた。そして、射精が終わると、ぐったりと手足から力を抜く。

そこで凌は逸物を引き抜いた。

ぷるんっと外界に飛び出した逸物は、まだまだ元気だ。三つ目の極上の御菓子があるのに、へたることはできないといわんばかりである。

「ふぅ……気持ちよかった。次は遠藤さん、いいんだよね」

「う、うん。って、小林くんちょっとがっつきすぎ……」

花音はやや引き気味の表情をしている。

「だって遠藤さんのオマ×コも気持ちよさそうなんだもん」

凌は花音の両の足首を持つと、V字に開き、あらわとなった膣孔に、あかりに続いて、実和子の体液にも汚れた逸物を押し込む。

「あ……」

ブツン！

本日、三度目の感触が逸物の切っ先に伝わってくる。

そして、ここでも根元まで沈む。

（これが遠藤さんのオマ×コか。涼やかな顔をしているのに、オマ×コの中は熱いんだな）

細身だが、読者モデルにも選ばれるような美貌の少女である。体が小さいだけあって、肉壺も一番小さいようだ。そのぴっちり感を楽しみつつ、凌は夢中になってえぐった。

（遠藤さんのオマ×コも気持ちいい。女の子のオマ×コってなんでこんなに気持ちいいんだ）

破瓜の痛みに苦悶する少女は涙を浮かべているのに、凌はそんなことに頓着する余裕を持てずに、欲望のまま腰を使ってしまった。

そして、三たび射精をする。

「ひゃっ！」

花音は子猫のような悲鳴をあげる。

ドビュユユユ!!!

三度目の射精だというのに、液量はまったく減ってない気がする。

とにかく出しきった凌は、三つ目の肉穴からも逸物を引っこ抜き、尻もちをついた。

「ふぅ〜」

眼下には、三人の女子高生が大股開きで呆けている。

いずれの膣孔からも、大量の白濁液が溢れていた。

おそらく三人とも、破瓜の痛みゆえに、絶頂はしていない。ただ衝撃で動けないのだ。

「三人とも大丈夫？」

凌が恐るおそる質問すると、最初にやられたあかりが応じた。

「大丈夫だよ」

よたよたと上体を起こしたあかりは、尻の下に敷いていたタオルを持ちあげる。

「うわ、ほんとに血が出ている。あたし大人になっちゃったんだ……」

「ほんとだ。わたしも血がついています」

実和子もまた自分の尻の下を確認した。

タオルを持ちあげた少女たちは面白そうに、互い破瓜の血を見せ合っている。

やがて満足したらしいあかりが、凌の胸の上に腹ばいになって乗ってきた。

「ねぇねぇ、それで、どうだった？　あたしらの処女を食べた感想？」

「最高だった。三人ともすごい気持ちよかったよ」

凌の答えに三人娘は、いずれも安堵の表情を見せる。

実和子もまた、腹ばいになって凌に顔を近づけてくる。

「うふふ、こんなのでよろしければ、これからも小林くんの気分次第で使っていいよ。わたしたちのオマ×コ」

花音も四つん這いで近づいてくる。

「また遊んで。破瓜のときは痛いけど、女はやればやるほどよくなるっていうし……」

あかりが、凌の右手を取ると自らの乳房を握らせる。

「おっぱいは男に揉まれるほど大きくなるっていうから、小林くんに大きくしてもらいたい」

「ぼくも♪」

「わたしはこれ以上、大きくならなくていいですけど、小林くんにいっぱい揉んでもらいたいです」

大中小の三対の乳房に魅せられた凌は、それを弄《もてあそ》び、乳首を交互にしゃぶりながら応じた。

「三人がそれでいいのなら、喜んで」

凌の返答に、少女たちは歓声をあげる。そして、花音が皮肉っぽく口を開く。

「ぼくたち、小林くん専用肉便器三人組だね」

「あ、それ、いいね。そのユニット名を採用♪」

あかりが即時に応じて、あたりは笑い声に包まれる。

なにせ、箸が転がっても笑う年ごろの女子高生たちだ。明るく元気で笑いが絶えない。

「ということで、今夜は朝まで乱交パーティだ♪」

「おう♪」

あかりの宣言に、二人もシュプレヒコールをあげる。

「あはは、頑張ります」

修学旅行初日の夜、凌は男子部屋には帰らず、女子部屋で三人の同級生と肌を合わせながら寝た。

第二章　生徒会女子たちの女の意地

「っ⁉　……夢じゃなかったのか？」

修学旅行二日目の朝、小林凌は心地いい暑さと重さと息苦しさの中で目を覚ました。

瞼を開いてまず見えたのは、巨大な白い肉塊である。それは学年一の巨乳娘として、男子生徒の間で有名な加賀谷実和子のものであった。

背中が温かいのは、能天気娘である山田あかりが抱きついているせいだ。

腹のあたりにうつ伏せになって寝ているのは、意識高い系の不思議娘・遠藤花音である。

三人とも昨晩のご乱行で疲れ果てたらしく、幸せそうな寝息を立てていた。

「本当にやっちゃったんだ。彼女たちと……」

クラスメイトであり、それなりに親しい友人たちだとは感じていたが、まさか肉体関係を持つことになるとは思わなかった。ましてや三人同時である。

（みんなかわいいな。それに……オマ×コもとっても気持ちよかった）

初体験の感触を思い出しただけで、逸物が隆起してきた。

昨晩、あれだけやったというのに、元気すぎる相棒を見下ろして、凌は溜め息をつく。

（少しは自重しろよ）

逸物をなにげなく撫でると、手のひらが赤くなった。

おそらく、いや、間違いなく、破瓜の返り血であろう。

（三人とも本当に処女だったんだなぁ。初めてだったというのに、なんて大胆な）

大人になったばかりの少女たちの寝姿を見ているのは飽きないが、ふと凌は思い至った。

このまま朝食の時間に女子部屋から出たのでは、他の部屋の生徒たちと鉢合わせする可能性が極めて高い。

そうなれば大騒動になるだろう。

その前に部屋を出たほうが無難だ。いや、まずは風呂に入りたい。

全身が女の子たちの汗と唾液と愛液と破瓜の血でぬるぬるである。

凌はまだ寝ている女の子たちを起こさないように気をつけながら、そっと布団から抜け出した。

そして、女子部屋から、まだ夜の明けきらない薄暗い廊下に出る。

(たしかここのホテルの風呂は二十四時間、清掃時間以外は入れたはずだ)

その記憶に間違いはなかった。

地下にあった大浴場は、早朝ということでまだ利用客もいなくて助かる。

露天風呂にゆっくりと入りたいという誘惑もあったが、そうそうゆっくりしている時間もない。ざっと汗を流す。

風呂からあがったころにはすっかり日が昇ったようだ。朝の澄明な空気の中、男子部屋に帰ろうと階段を昇る。

ふいに三階の踊り場から女子の声が聞こえてきた。

「あ、あの……わたくしのお姉さまになってください」

その緊迫した声の響きから、なにか出くわしてはいけない場面だと察した凌は、とっさに階段を昇る足を止めて身を隠す。

窺うと、朝陽の射した階段の踊り場に二人の女子高生がいた。

いずれも凌の通う二見高校の生徒ではない。クリーム色を基調としたセーラー服に身を包んでいる。すなわち、同じホテルに宿泊している聖母学園の生徒たちだ。

窓を背にして立つのは、女性にしてはいささか背が高く、スレンダーでありながら女性らしい凹凸に恵まれた体つきをしている。つややかな黒髪を背に流し、目鼻立ちのはっきりとした神秘的な美少女だ。

（清水さんか……。相変わらず、怖いほどの美人だな。腰の位置タカッ。体の半分以上、足なんじゃないだろうか）

背後から朝陽を浴びながら佇《たたず》むさまは、まさに一幅の宗教画のようである。

日本の女子高生の頂点に君臨しているのではないかと思えるほどの有無も言わさぬ美少女が、無表情に、冷徹な眼差しを向けている先には、黒髪をツインテールにしている少女がいた。

緊張に強張《こわば》った表情をしているが、育ちのよさそうな少女だ。名門聖母学園の制服を着ていることで、魅力が二割増しになっているとはいえ、十分に美少女と称して足りる容姿だ。ただし、目の前に美咲がいるせいで、いささか平凡に感じてしまうのは、かわいそうなところだろう。

美咲は眉一つ動かさず、冬の朝の霜柱のように冷厳さで応じる。

「お姉さまもなにも、わたしたちは同級生でしょ？」

凌にとって、名も知らぬ少女はツインテールを振り回しつつ、必死の形相《ぎょうそう》で言い募る。

「わたくしがお願いしていますのは、聖姉妹としての姉です。っ、つまり、その……性的な意味でのお姉さまになってもらいたいのです」

「……」

見下ろす美咲の黒曜石のような瞳は絶対零度の刃《やいば》のような冷たさになった。しかし、ツインテールの少女はめげない。

「わたくし、美咲さまにこの身を捧げたいのです。昼も夜もいっしょに過ごしたい」

「……」

氷漬けの薔薇のように美咲が反応しないことに焦ったのだろう。ツインテールの少女の言動はさらに過激になっていく。

「わたくし、なんでもします。美咲さまに処女を捧げたいのです。美咲さまのオマ×コを一日中お舐めしたいのです。美咲さまのおしっこなら飲めます。いや、飲みたいんです。ぜひ飲ませてください」

同級生の決死の告白に、美咲は頭痛がするといった表情になる。

「残念ながらわたしにはそういう趣味はありません。どうか、別の方をお誘いなさい」

謎の美少女の目にじわっと涙が浮かんだ。しかし、美咲はいっさいの妥協なく断言する。

「わたしはあなたを妹と呼ぶ気はありません」

「っ!? そ、そうですよ……ね。わたくしでは美咲さまに分不相応。過ぎたる夢を見てしまいました。も、申し訳ありませんでした」

一礼したツインテールの少女は、必死に涙を抑えようとしたようだが、抑えきれず、泣きながら階段を駆けあがっていった。

凌としては、階段を下りないでくれたことに安堵する。

「ふぅ〜」

憂い顔で溜め息をついた美咲は、下り階段に向かって声をかける。

「小林くん、気を遣わせて悪いわね」

「気づいていたんですか……」

ばつの悪い思いをしながら、凌は階段をあがる。

「いや、なんというか、清水さんは相変わらずモテモテだね」

「別にモテてないわよ。女子高だからかしらね。あぁいう疑似恋愛のような遊びが流行っているの。ときどき、ああいう困った子が、わたしのところにもくるわ」

「なるほど……さすがは女子高」

適当に相槌を打つ凌を、美咲はジロリと横目で睨む。

「誤解しないでね。わたし、本当にああいうのに興味ないの」

「はい」

迫力に負けた凌は素直に頷く。

ついで、美咲は表情を緩めた。

「小林くんと会うのは、中学校の卒業式以来だから、三年ぶりね。あのころはあたりまえに毎日、顔を合わせていたのに、学校が違うとぱったり会わなくなるものね」

「そうだね」

傍らに立った凌は、至近距離から改めて美咲を観察する。

(清水さん、三年前に比べてさらに美人度があがったな)

中学校時代から美しすぎる容姿で有名な人だ。すごい美少女がいるぞと校内で話題になったことはもちろん、他校の生徒までも見学にきていた。

昨晩、親密になったあかり、実和子、花音はそれぞれ魅力的な少女だ。そのうえ、肌を合わせたことで特別に親密の情を持つようになっている。

その色眼鏡をもって見たとしても、美咲の美しさは別格だ。

（しかし、そんな清水さんも女なんだよなぁ。あたりまえだけど。ということは、山田さんたちと同じように、股間にはオマ×コがついているんだよな。清水さんのオマ×コか、どんな感じなんだろ。まぁ、当然綺麗なんだろうけど、おち×ちんを入れたらどんな感じなんだろう。クールビューティだし、オマ×コの中もひんやりしているのか？……いや、さすがにそれはないか。それにしてもこの美しすぎる顔が、快感に歪むとどういう表情になるんだろう）

凌が妄想を逞しくしていると、美咲が小首を傾《かし》げた。

「どうかしましたか？」

「いや……」

まさか、美咲の顔を見ながら、セックス時の表情を想像していたなどと言えるはずがない。慌てた凌は適当なことを口走った。

「絶世の美人というのも大変だろうな、と思っていた。美人は生きづらいというし」

人は美に憧れもするが、同時に嫉妬もする。

美人というのは得もするだろうが、同時に言われなき迫害に苛《さいな》まれるものらしい。

類稀《たぐいまれ》なる美貌を持つということは、それだけで呪いを受けているようなものだ、ということを本で読んだことがある。

頰を軽く染めた美咲は、つややかな頭髪を搔きあげる。

「なにそれ？　わたしのこと……からかわないでよ。わたしは男の人にはまったくモテないわ……」

「えっ⁉」

思いもかけない台詞に絶句した凌は、まじまじと美咲の顔を見てしまった。その瞳を美咲は、ニコリともせずに受け止める。

「本当よ。わたし、女性からしか告白されたことがないの」

どうやら、冗談を言っているわけではないらしい。凌はいささか動転して言い募る。

「いやいやいや、そんなことないでしょ。中学校時代も、クラスの男子はみんな美咲さんに惚れていたよ」

美咲は左手の甲を口元にあてて笑った。

「うふふ、冗談でもそういわれると悪い気はしないわね……クラスの男子みんなというと、その中に小林くんは入っていたの？」

「そりゃ、まぁ……」

凌は頰を搔きながら、視線を逸らす。

美咲はニヤリと、すべてを見透かすような笑みを浮かべると間合いを詰めてきた。

前方に突き出した美咲の乳房が、ほとんど凌の胸元につきそうだ。

「うふふ、やっぱりね。実をいうと中学生のころ、小林くん、わたしのこと好きなんじゃないかなって思っていたの。いつ告白してくるのかって、ドキドキして待っていたわ」

「あはは、清水さんみたいな高嶺の花に告白するほど、ぼくは身のほど知らずではないよ」

凌の答えに、美咲は不機嫌そうに白い顔を背ける。

「だれが高嶺の花よ。わたしなんて、簡単に落ちる女だと思うわ。なんていったかしら？　最近流行りの……そうチョロインってやつよ」

「まさか……」

凌は冷や汗を流しながら応じる。

美咲は、難攻不落の要塞にしか見えない。どんな男が突撃しようともニッコリ笑って撃退されそうだ。もっともたいていの男は、己《おのれ》が彼女と釣り合うなどと思えず告白するまえにあきらめるであろう。

「わたし、女子高でしょ。この三年間、ほとんど男の人と話したこともなくて、男性に対する免疫をなくしてしまったわ。小林くんと話しているだけで楽しいの。本当よ。試しに口説いてみたら？」

コケティッシュな表情で美咲は、さらに間合いを詰めた。

制服に包まれた大きな乳房が、凌の胸板に当たる。

そして、美しすぎる顔が凌の眼前にきた。鼻の頭がつきそうだ。形のいい赤い唇がまるで誘っているようである。

（顔チカッ……）

大きな目を縁《ふち》取る長い睫毛。その奥の黒々とした黒真珠のような瞳が、ぱっちりと凌の双眸を捕らえていた。

（これはキスをしていいのだろうか？）

美の女神に魅了された凡夫は、昨晩から三人もの美少女と付き合うことになったことをすっかり忘れてしまい、唇を近づけようとした。

しかし、行為に及ぶ前に階上から勇ましい女の声が聞こえてきた。

「美咲、こんなところにいたのか。いま、冠城《かぶらぎ》さんが泣きながら走っていったが、なにがあったっ⁉」

それは前髪をぱっつんと切りそろえたショートカットの、背の高い少女だった。

踊り場の光景を目にした彼女は、険しい表情になるとものすごい勢いで階段を駆け下りてくるや、凌と美咲の間に割って入る。

「美咲に近づくなっ！」

まるで凌を、バイ菌かなにかと思っているかのようだ。

「貴様が、冠城を泣かしたのか？　そのうえ、美咲にも不埒《ふらち》なことをしようとしていた！」

「いや……」

「正木さん、誤解よ。小林くんは関係ないわ」

美咲も口添えしてくれたが、興奮した正木と呼ばれた女は聞く耳を持たなかった。

懐からスマートフォンを取り出す。

「いいわけは無用！　すぐに警察に突き出してやる！」

「えっ!?」

スマホを弄りだした彼女を前に、凌は戸惑った。

やましいことをしたつもりはない。たとえ警察に突き出されてもすぐに開放されるはずである。しかし、時間は取られるだろう。学校にも迷惑がかかる。できたら、勘弁を願いたい。

しかし、まさかスマホを取りあげるわけにもいかないだろう。

どうしたものかと戸惑っていると、そこに美咲の静かな迫力のある声がかかった。

「正木さん、スカーフが曲がっていますよ」

興奮している女生徒の前に歩み寄った美咲は、彼女の赤いスカーフの結び目をほどくと、改めて結わえてやる。

「ここは学園ではないの。他人の目があるのだから、身嗜《みだしな》みには気をつけなさい。副生徒会長ともあろうものが、だらしない見た目では聖母学園の名誉にかかわるわよ。少し落ち着きなさい」

「も、申し訳ありません」

あれだけ猛り狂っていた女が、頰を染めておとなしくなる。スマホを弄る手も止まってしまった。

(なんだろう？　猛獣使いが猛獣を操る手管を見たような気分だ)

啞然とする湊に、美咲は頭をさげる。

「小林くん、ごめんなさい。紹介するわね。こちらのそそっかしいのが、わが校の副生徒会長の正木友梨佳《ゆりか》。正木さん昨日、教えたでしょ。こちらは二見高校の生徒会長小林湊くん、わたしとは中学校が同じだったの。久しぶりのあいさつをしていただけよ」

「さ、ようでしたか」

友梨佳とやらは、気勢を制されてしまった顔でしぶしぶ頷く。

そこに美咲は冷然と命じる。

「謝って」

「……」

「わたしの友人に不快な思いをさせたのよ。謝りなさい」

美咲にきつく命じられた友梨佳は、凌に向かって深々と頭をさげる。

「すまなかった」

「いえいえ、そこまでするほどのことではありませんよ。頭をあげてください」

美咲の命令だからいやいや頭を下げた、というのが見えみえだ。

とはいえ、美咲は納得したようで破顔した。まるで豪華な蘭の華が咲いたようだ。

「さぁ、それではいきましょう。そろそろみんなの起床時間よ。あなたみたいに乱れた服装で出てこられたら、学園の品位にかかわるわ」

「はい。そのために美咲を探していたんだ」

友梨佳は美咲に媚びるような笑みを浮かべている。

（ああ、この正木さんとやらも、さっきの少女と同じで清水さんの魅力にやられちゃっているんだなぁ）

そう察することができた。

そんな名門女子高の女王さまは、立ち去る前に凌に向かって優雅な一礼をする。

「小林くん、今朝はお話できて楽しかったわ。またお話ししましょう」

軽やかにスカートを翻《ひるがえ》した美咲は、颯爽と階段をあがっていく。

「あ、待ってくれ、美咲」

友梨佳は続こうとしたが、思い直したように凌のもとに近づき、美咲に聞こえないように意識した低い声でドスを聞かせてくる。

「美咲に免じて、今回だけは見逃してやる。しかし、汚らわしい男が、みだりにわが校の生徒に近づくな。まして、美咲には二度と近づくなよ」

「あ、はい……」

気を飲まれた凌としては、そう返事をするしかなかった。

「ふん」

鼻で笑った友梨佳は、慌てて美咲を追いかけていった。

＊

「修学旅行二日目です。今日から本格的な修学旅行の始まりです。みなさん、気を引き締めていきましょう」

朝食は、ホテルの食堂でビュッフェ形式だった。

その席で、生徒会長として訓示をするように先生に命じられた凌は、しぶしぶ一言いう。

しかしながら、生徒たちのほうはほとんど聞いていない。

彼らの関心は、これからの修学旅行でいかに遊ぶかと、食堂を同じくした聖女女学園の生徒たちにである。

朝食の光景からして、高校生としての格の差を感じた。

中でも、美咲の風格たるや、もはや女王の域だ。その周りを囲む正木をはじめとした女生徒は、女王さまの親衛隊のようである。

「清水さんったら、相変わらずですね」

そう呟いたのは、生徒会会計の寺島詩織だ。

（そういえば、寺島さんも同じ中学校だったか）

詩織と美咲が、親しかったかどうかは知らない。しかし、成績の上位者の同性同士ということで、顔見知りだったのではないだろうか。

「あれが噂の清水美咲ですか？　ふん、お高くとまっちゃって」

憎々しく応じたのは、副生徒会長の楠良子だ。

「楠さんは、清水さんのことを知っているの？」

「それはね。うちの中学でも男子どもが騒いでいましたよ。とにかくすごい美人がいるってね」

良子は背が低いことを除けば、女らしい凹凸に恵まれた少女である。とはいえ、彼女は自分の容姿をそれほど重視していない。

そんな彼女から見ても、女の敵は女。自校の男子が、他校の女子を話題にしているのは面白くなかったのだろう。

「あれはたぶん、スポーツやっていますね。それも武道系」

そう感想を言ったのは風紀委員長の伊東純だ。

「そんなことわかるの？」

「はい。歩き方が安定していますから」

「へぇ～」

ともかく女子高の華やぎに圧倒されながらも食事を終えた二見高校の生徒たちは、最初の見学先である東福寺《とうふくじ》に向かった。

境内を歩く凌の周囲を、ごくあたりまえに生徒会の女子が従う。

通天橋《つうてんきょう》から二千本の楓の木を眺める。

「パンフレットにあるとおり、圧巻な眺めですね」

赤い縁の眼鏡をかけた詩織が感嘆する。

「そうですね。京都にきたという気がします」

小柄な良子も、胸を張り満足げに頷く。

また、多くの生徒たちも同じように、日本の伝統美に感動している。そんななか、お土産売り場で買ったらしい木刀を掲げた純は、勇ましい奇声をあげている。

「薩長斬るべし！」

「局中法度《はっと》、その一！　士道に背きまじきこと！」

「おう！　いざ、池田屋！」

純の所属している女子剣道部とおぼしき一団も、呼応して雄叫びをあげている。

下手《へた》に美人な団体なだけに見世物だとでも思ったのか、観光客のみなさんは拍手や歓声を送っている。

風情《ふぜい》もなにも台無しで、明らかに悪目立ちだ。

思わず顔に手を当てた凌は、純の親友に視線を向ける。

「あの……楠さん」

「……放っておいてあげて」

小さな体ごと背を向けた良子は、疲れきった声を出す。

どうやら、京都に着いてからというもの、純はずっとあのテンションのようである。

それに付き合っていた良子は、一晩で悟りの境地に達したようだ。

(あの楠さんがさじを投げるというのはそうとうだな。ぼくも放っておこう)

新撰組だか、見廻組《みまわりぐみ》だか知らないが、京都を一番満喫しているのは純な気がする。

そこににぎやかな声が聞こえてきた。

「あ、いたいた。小林く〜ん、いっしょに見学しようよ」

元気に駆け寄ってきたのは、あかりだ。その後ろから大きなプリンおっぱいを揺らした実和子が続き、最後にイヤホンをつけた花音も付いてくる。

あかりは凌の右腕に抱きつき、実和子は左腕に抱きついた。そして、花音は正面から腹に抱きついてくる。

「いや、あの……」

公衆の面前で三人の少女に抱きつかれた凌は、どうしたものかとおたおたしてしまう。それを見た良子が一喝する。

「会長。なに女子に囲まれてデレデレしているんですか！　みっともない！」

それに対して、実和子がふんわりと反論する。

「いまは生徒会の仕事とは関係ありませんよね。小林くんがだれと見学しても自由なはずですよ」

「ぐっぬぬ……」

実和子の正論に、良子は歯嚙みをする。

「行こう」

花音が、凌のジャケットの裾を引っ張る。

「ああ、そうだな。いっしょに見学するか」

良子、詩織といっしょにいたのは、あくまでも生徒会としての仕事仲間だったからだ。

対して、あかり、実和子、花音は、昨晩、体を合わせてしまった。いわば恋人のようなものである。

どちらを優先するかは自明のことだろう。

「そ、それじゃ、行ってくる」

「やったー、行こう♪　行こう♪」

あかりは大喜びで歩きだす。そして、良子に向かって舌を出す。

「べぇ～だ」

生徒会の仲間と別れた凌は、クラスメイト三人と境内《けいだい》を見学してまわった。

三人の美少女に囲まれて歩くさまに、少しばかり周囲の視線が気になるとはいえ、これぱかりは気にしても仕方がない。

周りに人がいないことを確認してから、凌は三人に質問する。

「三人とももう大丈夫なの。その……昨日の傷？」

凌の右腕に抱きついたまま、あかりは顔をしかめてみせる。

「実は、まだちょっと痛い」

左腕に抱き着いていた実和子も、困惑顔で頷いた。

「わたしも少しズキズキします」

「ぼくも違和感がある」

花音は小顔をしかめる。

「あ、その、ごめん。ぼくが、もう少しうまくできればよかったんだけど……」

凌も初めてだったので余裕がなかった。欲望のままにふるまってしまったことは否定できない。

凌の右腕に抱きつきながら、あかりは明るく笑う。

「ううん、謝ることないよ。あたしたちがやってもらいたかったんだし。それに小林くんに処女をもらってもらえて、あたし幸せだよ」

実和子はふんわりと笑う。

「わたしも夢のような体験でした」

花音は済ました顔で頷く。

「ぼくも満足」

三人の答えに、凌もまた笑顔になった。

「そ、そっか、よかった」

昨晩処女を卒業した三人娘はぎゅっと凌に抱きついてくる。

「だから、またやってね。女は二回目から、どんどん気持ちよくなるっていうし」

とあかりがいえば、実和子も頷く。

「せっかく痛い思いを我慢したんですから、気持ちいいことをいっぱいしないと損ですよね～」

「ぼくたち、小林くんの肉便器三人娘」

花音のつぶやきに、凌は顔を覆う。

「その名称はやめましょう。だれかに聞かれたら誤解されますよ」

「だって事実じゃん」

あかりは明るく笑い、それに二人も追従する。

「まったく……」

振り回されているという自覚はあるが、彼女たちの魅力に負けて、三人まとめて処女を奪ってしまったことは動かしがたい事実である。

凌としては責任を感じていた。これから彼女たちを大事にしたいと思う。

こうして、修学旅行二日目、凌はクラスメイト三人と楽しく古刹《こさつ》巡りをした。

＊

「すっかり、遅くなってしまいましたね」

ホテルに戻るとすぐに夕御飯の時間となり、そのあとは生徒会のミーティングが開かれた。

そこでは各クラスの委員長たちから、点呼やその日の出来事などの報告を受け、それらをまとめて引率の先生たちに報告することになっている。

また、翌日の各クラスの見学先の確認とそれぞれの時間管理を、良子、詩織、純は淡々と行なう。

それらを終えると、すっかり消灯時間になっていた。

生徒たちはみな、あてがわれた部屋で寝ている……と見せかけて友だちと楽しいおしゃべりに興《きょう》じていることだろう。

凌たちは遅めの入浴に向かった。

「……」

凌の声に、生徒会メンバーたちは無言である。

(なんだろう？　気のせいか、さっきから、三人とも、いつもより冷淡な気がする)

彼女たちはいつもなら、なにかと口うるさく凌の行動に干渉してくるのだが、今日は三人とも口数が少なく、妙な威圧感を放っている。

(なにか怒らせることをしただろうか？　仕事は完璧にこなしたはずだけど……)

内心でビクビクしながらも、一行はホテルの地下にある大浴場に到着した。

当然、男湯と女湯は別である。

風呂あがりを待つ必要はないだろうから、今日はここでお別れだ。

「楠さん、寺島さん、伊東さん、今日もご苦労さまでした。また明日、よろしくお願いします」

「お疲れ様でした。失礼します」

良子を先頭に、三人は妙に他人行儀に一礼すると、そのまま女湯の暖簾《のれん》をくぐっていった。

「なんか変だなぁ」

微妙な違和感を覚えながらも、凌は独りで男風呂に入った。

就寝時間なのだから、もう他の生徒はいなかった。一般利用者もいないようなので貸し切り状態である。

修学旅行の定番ホテルだ。大勢の生徒を一度に入れることを考えて作られているのだろう。実に広々としたものである。

凌は昨晩、今朝と二度入っているから、今夜で三度目の利用である。

だいぶ馴染んだ凌は広い池のような湯舟に入ると仰向けになり、手足を大の字に伸ばして体を浮かせる。

「はぁ〜、極楽だ」

惚けていると、遠くでガラガラと戸が開く音が聞こえた。

ついで純の腹から出しているだろう力強い声が響く。

「うわ、今夜は貸し切りですね」

「まぁ、一般生徒たちは消灯ですからね」

良子の気取った声だ。

「この広い風呂をわたしたち三人で独占できるだなんて、生徒会役員の特権ですね」

思慮深げな声は、詩織のものだ。

少女たちの会話が聞こえてくるのは、どうやら、男湯と女湯を仕切る壁の上のほうが換気用につながっているせいのようである。

大勢の生徒が入っているときには、隣の風呂の声など聞こえないのだろうが、現在は人が少ない。

（これがマンガやアニメだったなら、あそこからなんとか女子の風呂場を覗こうと頑張るところなんだろうな）

良子の小柄だが、女らしい体。詩織のふんわりと柔らかそうな体。純の逞しいが凹凸に恵まれた体。

いずれも興味を引かれないといえばウソになるが、梯子《はしご》もなくどうにかできる高さではない。それにあの恐ろしい三人娘相手に覗きなどして、露見したら生命の危機にかかわる。

ふいに良子が呼びかけてきた。

「会長、そちらにはだれかいましたか？」

少し驚いたが、凌もまた大きな声で応えてやる。

「こっちもだれもいないよ」

詩織が応じる。

「そうですか！　男湯は会長一人で貸し切りなんですね」

「羨ましいでしょ〜」

凌がおどけてやると、純もまたおどけた返事をしてくる。

「会長、寂しかったらお背中をお流しにあがりますよ」

「はは、ぜひお願いしたいところだね」

「うわ、会長のエッチ〜〜〜♪」

詩織がわざとらしい嬌声をあげ、さらに華やかに笑い声が聞こえてきた。

どうやら、風呂に入ったことで、なぜか不機嫌だった女子たちの機嫌も直ったようである。

安堵した凌は湯舟からあがり、洗い場の壁に貼り付いた鏡の前の小さな椅子に座り、頭を洗うことにした。

(さて、これが終わったら、また山田さんたちの部屋に行くかな。処女を捨てたあとのほうが、女は気持ちよくなれるって、みんな期待していたみたいだしな。いや、修学旅行中に二日続けて女子部屋に泊まるというのは、さすがに生徒会長としてどうだろうか?)

しかし、彼女たちを抱きしめたときの柔らかさ、逸物を押し入れたときの気持ちよさを思い出しただけでたまらない気分になってくる。

ふいに浴場の扉が開いた。

まだだれか風呂に入っていない生徒がいたのだろうか。なにげなく視線を向けた凌は絶句する。

そこには胸元にタオルを巻いた良子の姿があったのだ。

「なるほど、これが男湯ですか?」

ついで赤い縁の眼鏡をかけた詩織も顔を出す。

「女湯とほとんど同じですね」

「ふむ、男湯といっても変わるものではないのだな」

純は腕組みして湯殿を見渡す。

三人とも胸元に白いバスタオルを巻いただけ。当然、両肩は丸出しだし、長い脚は付け根まで見えそうだ。

「……」

あまりに予想外の光景に、一瞬、目で見た光景が信じられなかった凌であるが、ややあって我に返った。慌てて股間を手ぬぐいで隠しながら叫ぶ。

「っ⁉ 楠さん、寺島さん、伊東さん、なぜここに？ こっちは男湯だよ」

「会長が背中を流すように命じたから、来たんですよ」

純が愉快そうに笑う。

「いやいやいや、あれは冗談……」

まさか真《ま》に受けてくるとは思わず呆れる凌の言葉を無視して、良子はズンズンと男湯に入ってきた。

「まぁ、他に利用者がいないなら問題ないでしょう」

「いやいや、問題あるでしょ⁉」

凌の抗議など右から左に聞き流して、胸元に白いタオルを巻いた三人の女傑は、洗い場で鏡に向かって頭を洗っていた凌の背後に立つ。

鏡面には、ポニーテールの少女と、一本の三つ編みを左肩に垂らした少女と前髪をヘアピンで留めた少女の姿が映った。

本来なら大変うれしい光景のはずなのだが、不穏な空気を察した凌は身を竦《すく》める。

「そうですね。風呂場でバスタオルを巻いているというのもマナー違反です」

そういって良子はバスタオルをほどいた。それに他の二人も倣《なら》う。

バサリ！

白い布地の下からは、プリンと合計六つの乳房があらわとなる。

「っ!?」

見てはいけない気がして、凌はまっすぐ前を向いた。

しかしながら、鏡には美少女たちの裸体が映ってしまっており、そこから目を離せない。

大柄な純は、それにふさわしいバレーボールのような巨乳だ。詩織はまるで突き立ての餅でできているかのような爆乳。二人に比べると良子の乳房は小さいが、体も小さいのでバランス的に大きく見える。

下半身に目を向ければ、両足のつけ根に萌えた陰毛を見ることができた。

詩織の陰毛はふわりと豊かだ。純の陰毛は本数こそ少ないようだが、毛足は長い。良子の陰毛は毛筆のようにまとまっている。

三人ともさすがに顔を赤くしているが、友だちといっしょなので大胆になるのだろう。良子は服を着ているときと同じように、小さな体を堂々と誇示して声を張りあげた。

「さぁ、生徒会長さまに置かれましては、慣れない行事でお疲れでしょうから、背中を流して差しあげます」

「え、いや、いいよ」

遠慮して逃げようとする凌の背に手を置いた詩織が、黒い笑顔で押さえる。

「ええ、日ごろの感謝だと思ってくれればいいのです」

「石鹸はこれだな」

鏡の前の台に置かれていたボディソープを純が手に取った。そして、三人は手のひらにムースを泡立てると、凌の肩から背中を洗いだす。

凌の右側に純、真後ろに良子、左側に詩織がいる。

三人の合計六つの手で、凌の肩から二の腕、そして、背中を洗われた。

性格はきついが、外見的にはかなり魅力的な美少女たちだ。その繊手で凌の体は洗われている。

(彼女たちはなぜ、こんなことをしてくれているのだろう?)

極楽のはずなのに、凌は不穏なものを感じて落ち着かない。

「うふふ、普通に洗っていても面白くないですね。こういうのはどうですか?」

洗い場に膝立ちになった詩織が、凌の左腕に抱きついてきた。

凌が内心で魔女と恐れる女の、大きな餅のような乳房で左肩を挟まれる。

「いいね。あたしもやろう」

二見高校の生徒に鬼のように恐れられる最強の女の弾力ある巨乳で、右の二の腕を挟まれる。

「まったく、二人ともはしたないですよ」

そうたしなめながらも、ファシスト娘は自らの小ぶりだが形のいい乳房を凌の背中に押しつけてきた。

なんと凌の体は、右から純、左から詩織、背後から良子の乳房を押しつけられたのだ。

合計六つの乳房による泡洗いである。

(こ、これは……極楽すぎる)

あまりの多幸感に凌は恍惚となった。

詩織が色っぽい声を出す。

「これ……乳首がこすれて、かなり気持ちいいです」

「そうだな……男の肌に、乳首をこすりつけているだけなのに、ここまで気持ちいいとは予想外だった」

男勝りの純も頬を紅潮させている。

「会長もずいぶんとお楽しみのようで……」

悪戯っぽく笑った良子は、凌の脇腹から両手を回し、股間に乗っていた手ぬぐいを取った。

「まぁ」

女たちはいっせいに目を輝かせると、あらわとなった男根を興味深そうにのぞき込む。

「へぇ〜、これが会長のおち×ちんですか？　意外と大きいですね」

良子が興味深そうに逸物に手を伸ばしてくると、左右の女たちも慌てて伸ばしてきた。

「あ、ちょっと、それは……ああ……」

いきり立つ逸物は、三人の少女によって弄ばれる。

おそらく三人とも勃起した男根を見たのは初めてなのだろう。興味津々といった様子で、亀頭部を突っついたり、肉袋を揉んだり、肉幹をしごいたりしてくる。

「ここは入念に洗いましょう」

昨夜、あかり、実和子、花音と初体験したわけだが、彼女たちはすべて凌に身を任せていたから、自分から逸物に触れてくることはなかった。

つまり凌は、初めて男の急所を女性に触られたのだ。それも三人がかりで。

「ガチガチですね。なよなよしているのにここだけ立派って、さすがはやりちん悪徳生徒会長です」

「な、なんのこと……かな？」

言われなき名称に驚く凌の右の肩に、良子の左手がかかった。そして、右の耳元で悪魔のように甘く囁く。

「不純異性交遊したでしょ？」

ドキ！

凌の心臓が不整脈を起こす。

凌の左肩を乳房に挟んだまま、その鼻先に右手を翳した詩織は、一本一本指を折り曲げていく。

「山田あかり、加賀谷実和子、遠藤花音……三人ともやりましたよね。おそらく、昨日の夜、三人まとめて」

ダラダラダラ……。

三人の裸の美少女たちに、左右と背中から抱きつかれて、凌の全身から大量の脂汗が出る。

「ど、どうしてそれを」

「そんなの彼女たちの態度を見ていれば丸わかりです」

良子が断言した。

「修学旅行中に、女生徒に手を出す。それも三人同時に。いったい、どんな性獣ですか？」

背後の良子は、ぞくっとした冷たい目を鏡越しに向けてくる。

右側から弾力ある乳房を押しつけながら、純は皮肉っぽい声を出す。

「まさか生徒会長が率先して公序良俗を紊すとはね。こういう場合、風紀委員長はどうふるまえばいいでしょうか！」

「それは、その……」

女の子たちの乳房に挟まれながら、凌は言い訳もできず小さくなる。もっとも、逸物は大きいままだったが……。

わざとらしく悲しそうな表情を作った詩織は、残念そうな声を出す。

「小林くんは真面目な人だと信じていたんだけどなぁ」

良子は肩を竦めて、鼻で溜め息をつく。

「生徒会長って、勉強ばかりで、女に興味がないと思っていました。草食系の顔をして、とんだ肉食系だったんですね。すっかり騙されました」

「いや、騙すもなにも……」

良子が怖い顔で睨んでくる。

「だって会長は、生徒会役員にこんな美人が揃っているのに、いつもそそくさと逃げていくでしょ」

「いや、女たちの間に男一人でいるのは居心地悪いでしょ」

凌の言葉に、純が豪快に嗤う。

「あたしはてっきり、自分の好みの女を集めたんだと思っていたけど、違うのか？」

「そ、そんなはずないでしょ！」

とんだ濡れ衣《ぎぬ》に、凌は声を高める。純は凌の頬を突っつく。

「だって会長、いっつもあたしたちの胸を見ていたじゃないか？」

「いっ⁉」

身に覚えがあった凌は息を飲む。詩織が逸物を強く握る。

「まったくいつ口説かれるのかと思っていたら、わたしたちのことを放置して、他の女に手を出すってどんな嫌がらせですか？」

「嫌がらせって……」

困惑する凌に、良子が詰め寄る。

「生徒会長は、なんのために、わたしたちを役員に選んだんですか？」

「そりゃ、生徒会の仕事を手伝ってもらいたかったから……」

凌の言葉を、良子はさえぎった。

「そんな建前はいいんです！　生徒会長たるもの、好みの女を役員に選んで全部食べてしまうというのは、全国の高校のお約束です！」

「いや、そんな事例は聞いたことないぞ」

凌の反論を、良子は握り拳を作って論破する。

「そういうものです！　全国の生徒会所属の女子は、生徒会長の肉奴隷。これは暗黙のお約束なのです。それなのにうちの生徒会長ときたら、わたしたちにいっこうに手を出さないどころか、一般生徒に手を出す。これは生徒会女子にとって最大の屈辱です」

「はい。女として大変傷つきました」

せつなそうな顔をした詩織は、逸物の尿道口に人差し指を添えて、イジイジと弄びながら質問してくる。

「これを山田さん、加賀谷さん、遠藤さんのオマ×コに入れて気持ちよかったんですか？」

「そ、そりゃ、まぁ……」

詩織が耳元で熱い吐息とともに囁く。

「実はわたしも気持ちいいんじゃないか、と思うんです」

「なにがですか？」

動揺する凌に向かって、詩織は意味ありげな微笑で唇を開閉させる。

「オ・マ・×・コ」

「っ!?」

中学校時代から知っている、見るからに真面目そうな少女が、まさか隠語を口にするとは思わず、凌は絶句する。

それにかまわず、詩織はわざとらしくしなをつくる。

「まだ未使用ですけど。自分で指を入れてみたら、すっごいザラザラなんです。たぶん、こういうのを男殺しの肉壺というのではないかと」

ごくり……。

思わず凌は生唾を飲んでしまった。

「試してみませんか？」

そこに純の声が割り込む。

「わたしもオマ×コは締まると思うぞ。運動している女は締まるというからな」

さらに良子まで。

「わたしの体は小柄ですから、オマ×コも小柄だと思いますよ。だから、おち×ちんを隅々まで包み込むと思います」

「もう、わたし、我慢できません」

いきなり立ちあがった詩織は、凌の左腕を伸ばさせるとその上に跨いできた。そして、前後に腰を動かす。

「ああん、わたしのオマ×コが、小林くんの肌にこすれて気持ちいい♪」

「おお、それ、あたしもやる」

才女の暴走に習った純も、同じように凌の右腕を股に挟む。

詩織と純は、それぞれ凌の左右の腕を跨いだ状態で、腰を前後に動かす。

陰毛で石鹸が泡立つ。

勃起したクリトリスが、男の肌にこすりつけられているようだ。彼女たちの反応は、乳首をこすりつけているときよりもいい。

肌全体がピンク色に火照り、揺れる巨大な乳房はいずれも先端をシコリたたせていた。同時に凌の腕には大量の蜜が塗りつけられている。

「まったく、二人ともはしたないのだから」

たしなめながらも良子は、凌の逸物を両手でつかみシコシコとしごいていた。

「ねぇ、会長。女をここまでその気にさせておいて、餌をあげないのは残酷というものですよ」

「そ、そんなことをいわれても、ああ……」

美少女二人によるタワシ洗いをされながら、手コキまでされてしまったのだ。こんな荒業にさらされては、耐えられる高校生男子などいないだろう。

凌もまた、限界だった。

「くっ」

うめき声とともに、良子の小さな手の中で逸物は脈打つ。

ドビュ！　ドビュドビュドビュ！

「うわ、飛んだ」

「すごい」

「これが会長の精液」

三人とも目を丸くしている。

射精を終えた凌は満足の吐息をつくが、逸物はまったく萎えなかった。

いきり立つ逸物の勢いのままに立ちあがり、三人の美少女を抱きしめる。

「本当にやっていいんだな？」

いきなり獣欲を露にした凌の確認に、良子はしてやったりと言わんばかりの笑顔で頷く。

「ええ、生徒会役員に選ばれたときから、やられる覚悟はできていました」

「あたしたち生徒会役員は、生徒会長に好かれるために、毎日、身を粉にして働いてきたんだからな」

純は大きな胸を張って満足に答えた。

詩織は恥ずかしそうに、頭髪を整えながら応じる。

「それに……わたしは中学校のころから、小林くんのことが好きだったし」

「えっ⁉」

思いもかけない告白に、凌は絶句する。

「小林くんこういう方面鈍いから、気づいてないと思っていましたけどね」

「まぁ、無自覚なたらしだからね。会長は」

良子は笑う。

「伊東さんもいいの？」

「うん、土方歳三さまも女ったらしだったといわれているからな」

「いや、そんなたいそうな人と比べられても」

苦笑した凌だが、肚《はら》は決まった。

「よし、なら、やってやる。三人とも風呂に入って尻を差し出せ」

調子に乗った凌の指示に従って、露天風呂に入った三人は、縁《へり》に手をかけて尻を突き出す。

凌もまた、露天風呂に入り、彼女たちの背後に立った。眼下には三つの女尻が並んでいる。

小玉スイカのような良子の尻と、ばんっと筋肉質に張った純の尻と、ふんやり柔らかそうな詩織の桃尻。

それぞれ肛門から肉裂まで丸ざらしである。

「……ゴクリ」

凌は生唾を飲んだ。

（あの楠さんと、寺島さんと、伊東さんが並んでこのような痴態を見せてくれるなんて……これは夢に違いない。ああ、夢だったら、思いっきり楽しまなければ損だ）

心躍った凌は、欲望の赴《おもむ》くままに三つの肉裂を順番にくぱっと開いた。良子は薄桃色、詩織は赤身が強い、純は灰色がかっていた。

「ほぉ、これがわが生徒会の誇る美人役員たちのオマ×コですか」

凌は露悪的に笑って舌舐めずりをする。

「三人ともオマ×コぬるぬるだ。これはお湯じゃないよね」

「だ、だって……。ああ、見比べられるの、恥ずかしい」

少女たちの羞恥の悲鳴は無視して、凌はお湯に肩まで浸かると、少女たちの陰唇に顔を近づける。

指を伸ばして三つの膣孔を開く。いずれの穴の奥にも白っぽい半透明な膜があった。

（うわ、三人ともしっかり処女膜がある）

ツンッと鼻を衝く甘酸っぱい匂いがした。昨晩も嗅いだ。いわゆる処女臭だ。

その匂いに脳を痺れさせた凌は、さながら花に誘われる蜜蜂のように、三つの蜜滴る肉華を交互に舐めた。

ピチャピチャピチャピチャ……。

「あん、あん、あん……」

男の大浴場に三匹の牝の喘ぎ声が響き渡る。

（ああ、これが楠さん、寺田さん、伊東さんのオマ×コの味。なんて美味しいんだ）

味覚的には甘くないのに、脳は蕩けるように甘いと判断している。凌は三種類の蜜があふれる肉壺を夢中になって舐めしゃぶった。

結果、女子高生たちは耐えられず歓喜の悲鳴をあげる。

「ああ……もうダメ、イッちゃう♪」

三人の少女たちが背筋を反らせて絶頂したのを見て取った凌は、湯舟の中で勢いよく立ちあがる。

「まったく、わが校の誇る才媛たちが、こんなに淫乱だったとは、とてもじゃないが聖母学園の生徒たちには知られるわけにはいかないな」

凌はいきり立つ逸物を構えた。

（ああ、あのおっかない生徒会のメンバー全員が、ぼくに向かってお尻を突き出して

いる。これが夢なら覚めないでくれ）

そう祈りながら淩は腰を進めた。

ズブン！

確かな手ごたえとともに、純の中に入った。

（くぅ〜締まる。これが伊東さんのオマ×コ。さすがは剣道で鍛えられただけあって、よく締まる）

昨晩は、このまま出してしまったわけだが、今夜の淩は多少の余裕があった。

そのまま射精することなく逸物を引き抜く。

血のついた逸物を右にいた詩織の膣孔に入れる。

ズブブブ……。

またも切っ先に感じる柔らかい膜の感触。それを強引に突き破る。

（おお、これが寺田さんのオマ×コ。本人が言っていたとおり、本当にザラザラだ）

歓喜に震えながらも淩は、射精欲求を根性で抑え込みながら逸物を引き抜く。

そして、さらに右にいた良子の膣孔に押し込む。

ブツ！

「ひぃあ」

良子は子猫のような悲鳴をあげた。

（せ、狭い。でも、これはこれでいい）

凌はここでもすぐに逸物を抜いた。そして一番左にいた純の肉壺に舞い戻る。

「く、くぅぅ……」

三人とも破瓜の痛みに耐えているだけで必死のようだ。湯舟の縁にしがみついて苦悶している。

しかし、凌はこの状況に酔ってしまい、まるで夢の中にいるかのような感覚で、破瓜の痛みに苦悶する少女たちの肉壺を交互に犯しまくった。

（どのオマ×コも、最高に気持ちいい〜〜〜）

美少女たちの処女の贅沢食いに興奮した凌は、陰嚢から電流が走り、背筋を駆け昇って、頭の中が真っ白になった。

「三人とも、ぼくの女だから！　ぼくの肉便器だから、ぶっかけてやる！」

気が大きくなった凌は、雄叫びをあげた。

ドビュドビュドビュ!!!

だれかの肉壺から逸物を引き抜いた瞬間。白濁液が宙を舞い、女の子たちの背中に盛大に浴びせられていた。

第三章　移動中のバスの密事

（またやってしまった。今度はあの生徒会の三人と。よりによってあの三人と……）

大浴場で生徒会の女子たちと肉体関係を持ったときは夢心地で思いっきり楽しんだ凌であったが、翌日、目を覚ますと強烈な自己嫌悪に襲われた。

三人とも魅力的な女性だとは思う。

仕事仲間として信頼もしていた。しかし、あたりのきつい女性たちであり、間違っても好意を寄せられているとは考えていなかった。

（いやでも、あのような魅力的な美少女たち、それも三人に裸で迫られて、我慢できる男がいるだろうか……いや、いない。絶対無理だ）

性格はきついが、全員、女性として見たら水準以上に魅力的だ。いや、性格のキツさとて、なまけ癖のある男の尻をしっかり叩いてくれると思えば美点だろう。

そんな彼女たちの好意を無碍《むげ》にすることなど、男にできるはずがない。と自分を納得させた凌は洗面所で顔を洗うと、男子部屋の仲間たちと朝食に出かけた。

「小林くん、いっしょにご飯食べよう」

クラスメイトの山田あかり、加賀谷実和子、遠藤花音の三人組は、凌を待っていてくれたようで元気に駆け寄ってくる。

彼女たちと食堂に向かうと、食堂の入口には、副生徒会長の楠良子、会計の寺田詩織、風紀委員長の伊東純が待ち構えていた。

「おはようございます。生徒会長」

「お、おはよう」

昨晩三人まとめて処女をいただいた少女たちを前に、凌は頬を引きつらせながらも挨拶を返す。

「……」

良子たちは昨晩の痴態などまるでなかったかのように平静にふるまっているが、あかりたちとの間に微妙な空気が流れている。

「え、えーと、時間もないことだし、手早く食事にしよう」

凌が四人掛けのテーブルに座ると、同じテーブルにあかり、実和子、花音が陣取り、凌の背後のテーブルに、良子、詩織、純が陣取る。

「なんだ？　小林、モテモテじゃないか？」

「両手に華か、羨ましいねぇ～♪」

同級生たちに冷やかされるが、凌としては反論の言葉もない。

両手に華どころか、両手いっぱいの華に囲まれながらも、生きた心地のしないビュッフェ形式の朝食をとった。

朝は忙しいこともあって、雑談をする余裕もあまりなかったのは救いだろう。もっとも、針の筵《むしろ》に座らされている気分の凌にとって、味覚を楽しめる食事ではなかった。

こうして修羅場の予兆を漂わせながら、修学旅行三日目は始まる。

本日は自由行動で、三台のバスはそれぞれ別々の見学地へと向かう。

凌は祇園《ぎおん》に行くことになっており、よりによって同じバスに、あかり、実和子、花音、良子、詩織、純の六人が同乗した。


「じゃーん！　ねぇねぇ見てみて」

凌が古風な街並みを見学していると、華やかに着飾った少女たちが駆け寄ってきた。

顔に真っ白い白粉《おしろい》を塗り、唇に赤い紅をつけ、頭に花簪《はなかんざし》をつけたあかりは、ピンク色の着物を纏い、足元は下駄という舞妓装束で、元気いっぱいに両腕を広げてみせる。

「小林くんどうですか？」

ほんわりと伺《うかが》ってきた実和子もまた、同じ舞妓装束だが、こちらは黄色い着物である。胸元が苦しそうだ。

「やっほー」

いつもの調子であいさつしてくる花音は、白地に黄色の小花の散った着物だった。

「会長、いかがですか？」

赤い着物を身につけた良子は、小さな体で堂々と胸を張った。

「うふふ、ふだん着なれないものを着ると楽しいですね」

鶯《うぐいす》色の着物に赤い縁の眼鏡をかけた詩織は、意味ありげな微笑をたたえている。

「あたしは新撰組の羽織がよかったんだが……」

薄い水色の着物を纏った純は、いささか不満顔である。

観光客に舞妓のコスプレをさせてくれるサービスがあるらしい。

団体登録の割引があったので、女子は全員参加である。

華やかな簪に、色とりどりの着物、そして、白粉に赤い紅。見慣れた学生服とは違う装いに、目を洗われる思いだ。

しかも、六人も揃うと圧巻である。

「あ、あは、みなさん綺麗ですね」

良子、詩織、純ら生徒会メンバーは、凌があかり、実和子、花音と肉体関係を持ったことを知っていて、自らも求めてきた。

しかし、あかり、実和子、花音らは、凌が良子、詩織、純と肉体関係を持ったことを知らない。

もし知られたらどんな変化が起きるのだろうか。

怒るのだろうか、泣くのだろうか、それとも無視されるようになるのだろうか。

(山田さんも、加賀谷さんも、遠藤さんも、普通の女の子だからな。傷つけるわけにはいかない)

いつか爆発する爆弾の導火線が見えている気がして、凌はなんとも落ち着かない。

「それじゃせっかくですし、写真を撮りましょう」

「いいね。撮ろう撮ろう」

凌を中心に、六人の華やかな美少女たちが囲んで写真を撮ろうとしたとき、凌の背後から深海の水のような透徹した声がかかった。

「あら、小林くん、ちょうどいいところで会ったわね」

振り返ると、艶やかな黒い着物に、華やかな赤い内着を見せた舞妓さんがいた。

凌を囲む六人の舞妓装束の同級生とは格が違う美しさである。しっとりとした立ち振る舞いは、凄艶と称するに足りた。

あまりの美しさに圧倒された凌は、一瞬、本物の舞妓さんなのかと思ったが、ややあって正体を悟った。

「し、清水さんたちも祇園に来ていたんだね……」

聖母学園の生徒会長・清水美咲だ。

どうやら、聖母学園の面々も、舞妓の着付サービスに参加したらしい。

「ええ、見せる相手もいないのに、こんな格好しても虚しいと思っていたんだけど、小林くんに会えてよかったわ」

「あはは、眼福です」

実際、驚くほどに似合っていた。

プロの舞妓たちでも、ここまで美しくなれる人はいないのではないだろうか。そう思えるレベルの圧倒的な美しさだった。

「……」

どぎまぎしている凌の背中に、六人の女生徒のジト目が突き刺さる。

そこに大きな声をあげながら、紫色の舞妓装束の背の高い女が小走りに寄ってきた。

「美咲、どこに行ったのかと思えばこんなところで油を売っていたのか」

「あら、見つかってしまった」

美咲は悪戯っぽく赤い舌を出す。

前髪ぱっつんの頭髪に、花簪を挿した彼女は、たしか聖母学園の副生徒会長・正木友梨佳だ。

友梨佳は、凌の顔を見とがめると憎々しく顔をゆがめる。

「また貴様かっ!」

「あはは、よく会うね」

笑って受け流そうとする凌を無視して、友梨佳は美咲に詰め寄る。

「そろそろ通し矢の時間だ。みんな美咲を待っている」

「え、美咲さん、矢を放つの?」

凌の質問に、美咲は涼やかに笑った。

「ええ、わたし弓道部に所属しているの。弓道部は三十三間堂で通し矢をすることが習わしになっているみたいでね。よかったら小林くんも観にきてちょうだい」

軽く別れの挨拶した美咲は、友梨佳を従えてしゃなりしゃなりと歩いていった。

「絶対に見に行くよ……ってイタッ！」

見送った凌は跳ねあがる。

背後から尻や脇腹など、計六カ所を同時に抓《つね》られたのだ。

＊

「……」

京都には観光スポットが多い。バスでの移動でも疲れてしまう。

この日の観光が終わり、ホテルに帰るバスの中で生徒たちはみな寝ていた。

毎日、消灯時間が過ぎても、夜遅くまで仲間内でおしゃべりしているのだろう。そのためどうしても、バスの中で睡魔が襲ってくるのだ。

凌もまた、座席の背もたれを大きく後ろに倒して仰向けに寝ていた。

しかし、どうも周囲が騒がしい。

いや、全身がモゾモゾする。

頬や胸元をツンツンと突っつかれているようだ。

「うふふ、寝ている顔もかっこいい」

うっとりとした声を出していたのはあかりだ。

「ああ、小林くんの汗の匂い……いい♪」

実和子は、仰向けになっている凌の胸元に顔を埋《うず》めて、クンクンと匂いを嗅でいる。

「ミワちゃんってば、匂いフェチ？」

「そうかも」

「オスの香りに発情するのはメスの本能」

花音も例の調子でのたまいながら、凌の右の腋の下に顔を突っ込んできているようだ。

「ちょっと、あなたたちいいかげんになさい。会長に迷惑ですよ！」

咎《とが》めたのは良子の声だ。しかし、あかりは悪びれずに応じる。

「いいんだよ。わたしたち小林くんの恋人だし」

「恋人？」

良子のトーンが跳ねあがる。実和子が慌てたように訂正した。

「あはは、恋人というのはちょっと違うかな？」

「うん、正確には小林くん専用肉便器」

花音がクールに訂正する。

「っ！」

絶句する良子に向かって、あかりは得意顔で挑発する。

「恋人も肉便器も同じようなもんじゃん。つまり、生徒会の人たちよりも、あたしたちのほうが小林くんと親しいんだから、とやかく言われる謂《いわ》れはありませ〜ん」

一瞬、酢を飲んだような顔をした良子であったが、次の瞬間、含み笑いを始める。

「ふ、ふふ……。なにが肉便器ですか？　ちょっと会長に遊ばれたからっていい気にならないでもらいたいですわね。わたしたち生徒会に所属する女子は、みんな会長の愛人ですわよ」

「あ、愛人っ⁉」

思いもかけない反撃に、あかりは少なからずショックを受けたようで、雷を受けたようにのけ反る。

代わって実和子が、おっとりとした声で質問する。

「副会長さんたちも小林くんとエッチしたの？」

「当然です。生徒会の女子役員たるもの、みんな会長にズボズボにやられていますよ。常識でしょ」

良子は大威張りで胸を張った。

ズボズボといっても、昨日、処女を破っただけでしょ！　と凌としてはツッコミの一つも入れたくなるが、たしかにやってしまったことは事実なだけに、強弁はできない。

「まさかっ⁉」

疑うあかりに、良子は仕事仲間に確認する。

「ね、寺田さん」

生徒会の誇る陰険女は、やんわりとした京都女よりも京都女らしい笑顔で応じる。

「ええ、小林くんの女はあなたたちだけではないのよ」

そこにすかさず純の声が入る。

「うむ、主君にすべてを捧げてお仕えしてこそ忠義」

「いや、なんでただの生徒会長と役員が、そんな封建制度もびっくりな関係になっているんですか？」

幼馴染みの言動に、良子は思わずツッコミを入れてしまう。

しかし、このやり取りで、生徒会メンバーが凌とエッチしたということを、あかりたちも納得したらしい。

複雑な顔をして、凌の寝顔を見下ろす。

「うわ、小林くん真面目な顔してやりちんだったんだ……」

「小林くんの下半身って、ケダモノなんだね」

実和子の呆れた声が、胸に突き刺さる。

「不埒《ふらち》な人」

花音のクールな声も非難的だ。

目を閉じている凌の顔に、いくつもの蔑《さげす》みの眼差しが突き刺さっていることを自覚した。

（二股男は最低だってよく言われるけど、六股だもんなぁ）

その場の勢いだったとはいえ、身近な女性六人とエッチしてしまったことを、凌はいまさらながらいたたまれない気分になる。

そこに良子の強気な声が飛ぶ。

「さぁ、これでわかったでしょ。会長の面倒はわたくしたち生徒会が見ますから、あなたたちは引っ込んでなさい」

「なにが会長の面倒をみるよ！　いつも小林くんのことをこき使っているくせに。どうせ、あんたたち横暴女のことだから、小林くんに無理やり迫って関係を持ったんでしょ！」

「うぐ……」

あかりの独断と偏見による決めつけであったが、そのままズバリを言い当てられた良子は歯嚙みしてしまう。

「ほら、やっぱり」

あかりは勝ち誇る。

（これは修羅場。修羅場なのか……。いや、夢だ。夢に違いない。ぼくは寝ているんだ。怖い夢を見ているだけだ）

現実逃避をした凌は、目を決して開くまいと強く決意して、自らを深い眠りに落ちるように必死に暗示をかける。

「とにかく、会長は我々生徒会のものです！」

「なんでよ。生徒会長は、みんなのものに決まっているでしょ」

良子とあかりは、寝ている凌の顔を上でにらみ合う。

目を閉じている凌は、全身から脂汗が出た。

そんななか、実和子はマイペースで凌のワイシャツのボタンを外すと、胸板を撫で回していた。

「別に小林くんがだれか一人と付き合うと宣言しているわけではないのだから、みんなの小林くんでいいと思うよ？　ああ、小林くんの肌、綺麗……」

陶然と凌の胸板を撫で回す実和子の姿に、詩織は微笑する。

「わたしも小林くんの胸筋好きですよ。小林くんの体って、細身なのに意外と筋肉質なんですよね」

「そうなんですよね。アカリン、いまさらだれの小林くんだなんて張り合うのは虚しいことだと思うよ。なにせわたしたちも三人同時にやってもらったわけだし」

実和子の意見に、純も同意する。

「英雄色を好むというからな。魅力的な男に女が集まるのは当然だろう。いまさら独占するなどというケツの穴の小さいことは言わず、みんなで楽しめばいいのではないか？」

「まったく……。まぁ、たしかに三人でも六人でもいっしょですか」

良子は呆れたというように肩を竦める。

あかりもしぶしぶ同意した。

「仕方ないなぁ。それでいいよ。でも、小林くんを虐めたら承知しないからね」

「虐めてなんかいません。我々は会長に威厳を持ってもらい、全校生徒に尊敬される存在になってもらいたいだけです」

両陣営のリーダー格であるあかりと良子の間に、なんだかんだいがみ合いながらも、休戦協定を結ばれたようである。

それと察した実和子が、満面の笑みで口を挟む。

「小林くんは、二見高校みんなの生徒会長ですからね。みんなで愛しましょう」

それに賛同しながら詩織は、右手の人差し指で、凌の右の乳首を撫でる。

「わたしもそれでいいと思います。ところで加賀谷さん、知っていました？　本によると、男性も乳首を舐められると気持ちいいみたいですよ」

「へぇ〜、本当ですか？」

実和子も興味津々で、凌の左の乳首を人差し指で撫でてくる。

「物は試しにいっしょに舐めてみましょうか？」

「ええ、いいですね」

意気投合した詩織と実和子は、凌の胸元に唇を近づけると左右の乳首を舐めだした。

ペロリ、ペロリ、ペロリ……。

少女たちの舌は単に舐めるだけでなく、乳頭の周りを回すように動いている。

「くっ……」

凌はうめき声を飲み込んだ。

これはたしかに気持ちいい。しかし、男として乳首を舐められて感じていることを認めるのが、なんとなく恥ずかしい。

それにもし、ここで快感の声でもあげてしまっては、起きていたことがばれてしまう。

(いや、これは夢だ。悪い夢なんだ)

同級生の美少女たちに、左右の乳首を舐めしゃぶられながら、寝ているふりを続ける凌は必死に自分に言い聞かせる。

「あたしは会長の手が好きだな。指が長くて綺麗なんだ」

凌の右手を取った純は、まるでフェラチオでもするかのように、指先をペロペロと舐めだした。

「うわ、指フェチだ」

クールにからかいの声をあげた花音は、凌の左手を取って自らの胸元に持っていく。

「ぼくは、小林くんの指に触られるのが好き」

花音は、まるで凌の手を使ってオナニーでもするかのように、自らの体を撫で回させる。

「ああ、もう！」

仲間たちの暴走に自棄《やけ》を起こした良子は、地団太を踏んで宣言する。

「わたしはやっぱり、会長の顔が好みですわ」

「うわ、堂々と面食い宣言した」

あかりに揶揄《やゆ》された良子は、顔を真っ赤にして応じる。

「うるさいですわね。そういうあなたは会長のどこが好きなんです！」

「そんなの全部に決まっているじゃん。頭いいし、優しいし、カッコイイし、巨根だし」

「それはさすがに買いかぶりすぎなような……」

良子はいささか呆れ顔である。

「ふ～んだ。頭でっかち女は愛が足りないんだよ」

そう言ってあかりは、寝ている淩の唇に自らの唇を重ねてきた。

「っ!?」

驚いた淩は、目を開きそうになるが、必死に我慢する。

「あ、こら、寝ている会長になんてことを」

憤慨した良子は、あかりを押しのけると、自ら唇を重ねてきた。

「むー」

頬を膨らませたあかりは、負けずに良子を押し返して凌の唇を奪還する。

しかし、良子とて負けていない。

おかげで凌の唇は、二人の少女の唇に交互に奪われた。

(え〜と、これはどういう状況よ?)

必死に寝たふりを続ける凌は、なんとか状況を整理する。

いまは修学旅行中。一日の日程が終わってバスに乗り、ホテルに帰還する途中だ。

周囲では他の生徒たちと同じように、休んでいるはずである。

それなのに、気づいてみれば、唇を二人の少女に交互に貪《むさぼ》られ、左右の乳首をそれぞれ舐めしゃぶられ、右手を舐められ、左手では女の子の体をまさぐっている。

はっきりいって極楽だ。

とはいえ、バスの中である。当然、他の生徒も大勢いるのだ。みな疲れて寝ているとは思うが、なかには起きている者もいるのではないだろうか。気が気ではない。

もし、こんなことをやっていたことを知られ、先生にでもチクられたら大問題だ。

退学はないと思うが、停学ぐらいは食らいそうである。そんなことになったら、生徒会としての権威は地に落ちるだろうし、二見高校の汚点として歴史に名を残してし

(これは夢だ。夢に違いない。断固として夢だ)

この世のものとは思えぬ快感に浸り、夢現《うつつ》に漂いつつも、凌は必死に自分に言い聞かせつづける。

しかし、少女たちの暴走はとどまるところを知らない。

「あそこ苦しそう……」

あかりの視線が向いた先。

そこは凌の股間であった。五人の女生徒はそれを追い、軽く目を見張る。

健康な青少年だ。このような状況で、勃起しないはずがない。ズボンを突き破らんばかりにテントを張っていた。

「楽にしてあげよう」

悪戯っぽく笑ったあかりが、ズボンのファスナーに手を伸ばす。

「あ、ちょっと待ちなさい。さすがにそれは……」

劣等生の暴挙を、優等生の良子は止めようとしたようだが、失敗した。

すばやくファスナーを下ろされて、下着の中から逸物を引っ張り出されてしまったのだ。

ビョン！

擬音が聞こえてきそうな勢いで外界に跳ねあがった男根を見て、少女たちは息を飲む。

「……」

女たちの視線が股間に集まっていることを視覚ではなく、皮膚で感じた凌は身を固くした。

ややあってあかりが、同好の士にお伺いを立てる。

「あたし、これって絶対に巨根だと思うんだけど、違うの？」

赤い縁の眼鏡を整えながら詩織が答える。

「さぁ、わたしたちも他に見たことがありませんからお答えしかねます」

「入れられた感じ、かなり大きかったからな。巨根なんじゃね？」

純が請け負った。

「ビッグマグナム」

親指を立てた花音は、クールに断言する。

「そうだよね。小林くんはおち×ちんもすごい」

あかりは我がことのように嬉しそうだ。

「この先端の剝け出ているところを亀頭部っていうんだよね。本当に亀の頭みたい。でも、これ下のほうちょっと皮かぶっているよね。包茎?」

小首を傾げた詩織が慎重に答える。

「いえ、おそらく仮性包茎というやつだと思います。日本の高校生男子はたいてい仮性包茎だといいますよ」

「へぇ〜、あ、剝けるよ」

嬉しそうなあかりの声に、詩織も嬉しそうに含み笑いをする。

「うふふ、本当ですね。せっかくですからみんなでムキムキしましょう」

目を閉じている淩には、詩織の顔は見えなかったが、見なくともわかった。絶対に悪い笑みをたたえている。

聡い詩織のことだから、男の生態も知っているに違いない。

「あ、いいね。剝こう剝こう」

あかりは能天気に賛同する。

「いいですね。わたしにも協力させてください」

良子をはじめとした女たちは面白がって、亀頭部の下に余っている皮を摘まんだ。

(あ、それだけはやめて……)

凌は心の中で懇願したが、女の子たちは容赦なかった。

「せーの！」

グキッ！

一気に包皮を剝けるだけ剝き下ろされた。真っ赤に腫れた亀頭が鰓《えら》の部分まで露出させられる。

（っ⁉ イタ、痛い。これ、メッチャ痛い……）

敏感な亀頭部は、空気が触れただけで痛い。しかし、状況的に動くことのできない凌は、ただ痛みを耐え忍ぶことしかできなかった。

そんな男の子の苦痛など知ったことなく、女の子たちは大いに盛りあがっている。

「あは、まるで真っ赤なキノコみたいだね。かわいい♪」

声を弾ませているあかりに、赤い縁の眼鏡を整えながら詩織が応じる。

「ええ、最初見たときは、少しグロテスクかなって感じたんですけど、慣れてくるとかわいいですね」

「これ、入れられちゃったんだよね。あたしたち……よく入ったな、こんな大きなモノ」

純は感嘆している。

実和子も切なそうに内腿をこすり合わせながら頷く。

「入れられたときは痛かったけど、時間が経つと、また入れてほしくなるよね」

「女はおち×ちんの奴隷」

相変わらず花音は口数こそ少ないのに、言いたい放題だ。

そんな猥談を交わしながら、女の子たちは逸物を突っつき回している。

「っ!?」

敏感な亀頭部に触れられた凌は、快感と鈍痛で悶絶する。

はじめは恐るおそるであったが、次第に女の子たちも慣れてきたのだろう。大胆になっていく。

温かい指先、冷たい指先、しなやかな指先、つるつるの指先が、次々と逸物に絡みついてくる。

肉棒を握った者、肉袋を突っつく者。さらには肉袋の中の睾丸を摘まみあげる者……。

六人の少女の手によって、逸物全体を包まれた。

(あ、やめて。皮を剝いたうえで中身に触れるとか、痛い。痛いから。ああ、睾丸を摘まんで左右に引っ張るとか、やめて。そこは本当に男の急所だから……)

動くに動けない我が身が恨めしい。

女の子たちのほうは好奇心いっぱいに、男の魂を弄《もてあそ》んでいる。

「先っぽの穴から、液体が出ていますけど、これっておしっこ？　精液ではないですよね」

亀頭部から濡れ流れる液体を、右手の人差し指の腹につけて糸を引かせた実和子が、不思議そうに小首を傾げた。

それに詩織が答える。

「いいえ、それはカウパー氏腺液というもので、おしっこや精液とは違うそうですよ。男の子が気持ちよくなると出るものらしいです。いわゆる女が濡れるのと同じでしょう」

「はぁ、男の人も濡れるんだ」

本当に知識がなかったらしく、実和子は本気で感心している。

(加賀谷さん、マジ天使)

性的に無垢な女の子に逸物を悪戯されているという現実に、凌の興奮はさらに高まる。

「それにしても、男の人って、寝ていてもこんなに大きくなるものなんですねぇ」

実和子とは対照的な、表面おっとり中身は辛辣な魔女、詩織は意味ありげに笑う。

そんななか、あかりが鼻息荒く宣言した。

「うふふ、美味しそう、食べちゃいたい」

逸物に齧りつこうとしたあかりを、実和子が止める。

「ちょ、ちょっと、そこ男の子がおしっこするところでしょ。いくら小林くんのものでも、汚いよ」

「大丈夫だって、ここを舐める行為はフェラチオといって、大人の女はみんなやっていることみたいよ」

「で、でも……」

二人のやり取りに、良子が疑問を呈した。

「あなたたちやったことはないの？」

「ないよ。あたしたち、小林くんに処女あげただけだし……」

モジモジしながら実和子は、困ったように答える。

「どうしていいかわからないから……すべてお任せしました」

「三人ともマグロ」

花音の答えに、良子は吹き出す。

「なにが肉奴隷よ。わたしたちと変わらないじゃない」

「それじゃ、楠さんたちも」

実和子の確認に、詩織が頷く。

「わたしたちも昨日、やっと処女を割ってもらっただけよ」

「うむ、なにせ初めてのことだから勝手がわからなくてな」

純もいささかばつが悪そうだ。

そんな生徒会メンバーの答えに、今度はあかりたちが吹き出した。

「あんたたちこそ、なにが愛人なんだか」

凌の逸物を前に、ひとしきり笑い合った六人の少女たちは、わだかまりが溶けて和解したようである。

「どうやら、生徒会の役員さんたちも、まだ一回しかやられてないみたいね」

「そういうこと」

実和子の確認に、良子はあきらめたように肩を竦める。

「でも、せっかく痛い思いして処女を捨てたんだし、ここからはたっぷりと楽しみたいわよね」

「ええ、女は二回目からが本番だってよく聞くからな。これから会長にどんどんやられて、女として開発されたいと思っている」

純は力強く頷く。

そして、みな改めて逸物を見下ろした。

「女たるもの、好きな男のおしっこぐらい飲んであたりまえ。やってみる」

そう宣言すると、花音が凌の逸物の先端を舐めた。

ペロリ。

「……ふむ」

亀頭部の先端をひと舐めした花音は、複雑な顔になっている。

「あ、わたしも舐めてみたい」

即座にあかりが変わって、亀頭部を舐めた。

「えーと、微妙な味……」

「では、次はあたしにも舐めさせろ」

純もまた亀頭部をひと舐めして微妙な顔になる。さらに詩織も訴えた。

「うふふ、わたくしも舐めてみたいですわね」

「わ、わたしもです」

詩織に次いで、実和子も亀頭部に舌を下ろした。

「わ、わたしだって」

最後に良子まで亀頭部を舐めた。

六枚の舌が交互に、亀頭部の先端を舐め回している。

(どういう状況なんだ?)

目をきつく閉じている凌には周囲の状況がわからないが、六人の女たちは、交互に凌の逸物を舐めているらしいことはわかる。

(あ、ヤバイ、これ滅茶苦茶気持ちいい)

凌にとって、はじめてのフェラチオ体験である。そして、六人の女の子たちにとっても初めての体験だろう。

当初こそ先端をひと舐めするだけだったのに、次第に慣れてきたのだろう。単に表面を舐めるだけではなく、鈴割れや鰓をなぞり、尿道口をほじり、さらには亀頭部を口内に含んできた。そして、吸引している。

(あ、やめて、穴を吸うのは……)

尿道口を吸引されるといういままで想像もしたことのなかった体験に、凌は身悶えそうになるのを必死に我慢する。

尿道がストローになって、睾丸から直接、精液を吸い出されそうだ。それを根性でとどめねばならない。

恍惚感に、体中が溶けそうだ。

凌は必死に射精欲求と闘っていたが、逸物を交互に咥えている女の子たちも興奮してきた。

みな切なそうに、灰色のプリーツスカートに包まれた尻をくねらせている。

凌の両手はいつの間にか、いずれかの少女たちの太腿に挟まれていた。

手のひらに温かい布を感じる。それはおそらくパンティだ。

薄い布越しに、濡れた女性器を感じる。そして、女の子たちは腰を動かしていた。

つまり、凌の手を使ってオナニーしているのだ。

（ゆ、指を動かしたい……）

男の本能として、女を気持ちよくしてやりたい。指マンを施してやりたいと思うが、それをやったら起きていることを告白するのと同じだ。必死に我慢する。

「はぁ、はぁ、はぁ……おち×ちんを舐めていたら、あたし興奮してきちゃった」

「わたくしもです」

あかりのぼやきに、良子も賛同する。

他の少女たちも頷く。

あかり、実和子、花音はいたって、能天気なスケベ娘たちだ。それに対して、良子、詩織、純は生徒会役員に選ばれるほど、校内屈指の真面目少女たちである。

それが揃いも揃って発情してしまっていた。

頬が赤く火照り、吐息が熱い。

そんななか、あかりが動いた。

「ああ、あたしもう我慢できない」

両手をスカートの中に突っ込んだあかりは、するするとピンクと白の縞パンを抜き取った。

そして、凌の腰を跨ぐ。

「ちょ、ちょっと待ちなさい。ここでそれはっ!!!」

良子が止めるのも聞かず、あかりは腰を下ろした。

ズボリ!!!

肉棒が根元まで、濡れた温かい肉襞に包まれた。

(こ、これは……入れられた!?)

さすがにはっきりとわかった。

いままでさんざんに弄ばれたあとだけに、圧倒的な気持ちよさだ。

昨日、一昨日と、計六人の女の子とやったわけだが、そのいずれよりも凄まじい快感が凌を襲った。

破瓜のときと違って、女の子の肉洞がこなれていたということもあるだろうが、凌の受け手の問題がより大きいだろう。

つまり、男が主体的に入れるとき、逸物に快感が来るだろうという覚悟を持っている。対して、睡姦とは不意打ちだ。心の鎧を纏っていない状態で、男が大好きな快感に襲われるのである。

(ヤバイ、これは出る。出る。出る)

睾丸から噴き出した熱い血潮が尿道口の先端にまであがっているのを感じる。それが噴き出す直前、気合で止めた。

「うわ……そこまでする?」

あかりの大胆さに、残りの女の子たちは引き気味である。

そんな周囲の反応などおかまいなしに、蟹股開きとなったあかりは、ぎこちないながらも腰を一生懸命に上下させてきた。

「あ、気持ち……うぐっ!?」

あかりが声を張りあげそうになったので、その口元を純が慌てて抑えた。

「おまえな。あたしらはいいけど、ここでそういう声を出すなよ」

バスの中である。

車内には他の生徒や先生もいるのだ。いくら疲れて熟睡していたとしても、起きる可能性が高い。

「で、でも……」

愛しい男の男根を体内に咥え込んでしまったあかりは、もはや骨が抜けてしまったようにトロトロだ。

「ほら、これでも咥えていなさい」

見かねた良子はすばやく、あかりの脱ぎ捨てたパンティを手に取ると、丸めて持ち主の口の中に押し込んだ。

「うぐっ」

自分の脱ぎたてパンティを咥えてしまったあかりは、喘ぎ声を出すことができず涙目になっている。

しかし、これで安心して腰を動かしはじめた。はじめはぎこちなかった腰遣いも、少しずつスムーズになっていく。

(ヤバイ、これはヤバイ、ヤバイ、ヤバイ……気持ちよすぎる)

六人の女たちに全身をまさぐられ、逸物を弄ばれるのは気持ちよかったが、やはり結合したときの気持ちよさは別格だ。

六人の処女をもらうという、世にも稀《まれ》なる体験をしている凌であるが、まだ初体験してから三日目である。

耐久力などないに等しい。

しかし、ここで射精するのはいくらなんでも拙《まず》いだろう。

死ぬ気で我慢している凌の耳元で、ふんわりとした声が囁いてきた。

「会長、いつまで寝たふりをしているのですか?」

「……」

一瞬、まだ狸寝入りを決め込むかとも思った凌であったが、覚悟を決めて目を開く。

眼前には、赤い縁の眼鏡をかけ、三つ編みにした太い一本の髪を左肩にかけた詩織の顔があった。

「気づいていたの?」

「はい。殿方のおち×ちんは、目が覚めた状態でないとギンギンにならないものだと聞いております」

さすが才媛。保健体育にも詳しい。

感心しながら、視線を下に向ければパンティを咥えたあかりの顔。周囲には声で聞こえていたとおり、良子、純、実和子、花音の顔もある。

(どうやら、ぼくの手が入っているのは、楠さんと、遠藤さんのスカートの中か)

もう起きていることがばれたのだから、遠慮はいらない。

良子と花音のパンティ越しに指マンを施してやる。

「うん……」

良子と花音は、自らの両手で必死に口元を抑え震えている。二人とも布越しにわかるほどに、グチョグチョに濡れている。

なにげなくあたりに視線を這わすと、近くの座席にいる女生徒たちの耳やうなじが真っ赤になっていた。

(あ、彼女たち気づいているけど、必死に気づかないふりをしてくれているようだ)

気遣いをさせてしまっていることに、生徒会長として申し訳ない気分になる。

そこに凌の視界いっぱいに、白い塊が覆った。

「小林くん、わたしももう我慢の限界です。おっぱい吸ってください」

「いっ!?」

それは実和子の巨大なプリンおっぱいだった。

いつの間にか、ブラウスのボタンを外し、ブラジャーを下ろしたようだ。

「うぐっ」

凌の顔は、白い極上の餅肉で包まれたのだ。しかし、それで終わりではなかった。

「加賀谷さんには及びませんが、わたしのおっぱいも、そう捨てたものではないと思うのですよ」

なんと詩織まで、自らの乳房をさらして、凌の顔に押しつけてきた。

(こ、これは!?)

実和子と詩織。学年を代表する巨乳の競演である。

プリンのような巨乳を持つ天使と、御餅のような巨乳を持つ魔女によるおっぱいプレス。

やむなく、凌は二つの乳首を同時に口に入れ、しゃぶった。

(あ、もう死ぬ)

死んでも本望。そう感じた次の瞬間、凌の下半身は爆発していた。

ドビュ! ドビュ! ドビュビュ!

「ううむ……」

パンティを咥えているあかりは、大きなうめき声をあげそうになったが、とっさに純がその顔を自らの大きな胸に抱きしめる。

「ふぅ～」

安堵の吐息をついたころバスガイドのお姉さんが、ホテルに到着したことを告げた。

＊

「まったく君たちね」

バスから降りた一行は、ホテルの一室で生徒会の事務所にしていた部屋に集まる。

さすがにばつが悪そうな顔でモジモジしている同級生の少女たちを前に、凌は溜め息をつく。

「わかっているの？　あんなところで、あんなことをしたことが先生たちにばれたら大問題だよ」

叱られてしまった少女たちの中でただ一人、膣内射精をされてすっきりした顔のあかりが応じる。

「小林くんが、はっきりしないからいけないんだよ」

「それは……そうだな。六股だもんな」

男として最低なことをやっている自覚はある。早急に恋人を選ぶべきだろう。

しかし、凌の目から見て、いずれも魅力的な少女である。とっさに選べるものでもない。

だれを選ぶにせよ、男として肉体関係を持ってしまったからには、責任を取りたいと思うのは人情だろう。

思い迷う凌に、良子が叫んだ。

「いまさら一人を選んでとは言いません。生徒会長は二見高校全員の恋人でいいです」

「そうですね。わたしたちの性欲を解消してくれれば文句はありません」

赤い縁の眼鏡を整えながら詩織は微笑する。

「一夫多妻は、日本の伝統だからな」

腕組みをした純は、したり顔で頷く。

「わたしは小林くんとエッチできるならそれでいいです」

実和子はふんわりと答える。

「ぼくは小林くん専用肉便器」

相変わらず平然とのたまったのは花音だ。

みんなの意見に、一瞬呆れた凌であったが、すぐに肚《はら》を決めた。

「はぁ〜、わかった。キミたちがそれでいいなら、ぼくとしても全力で応えよう」

凌の決断に、女の子たちは歓声をあげる。

そんな少女たちに、凌は命じた。

「それじゃあかり以外の五人はそこに並んで、テーブルにうつ伏せになって、お尻を突き出して」

「小林くん？」

仲間外れにされたあかりがきょとんとした顔をする。凌は破顔した。

「あかりちゃんはさっきしたからいいでしょ。残りのみんなは欲求不満だろうからね。自分の女を欲求不満にしておくのは、男として最低の行為だからできないよ」

「きゃっ、さすが小林くん。カッコイイ」

歓声をあげたあかりが、凌の左側面に抱きついてくる。

「よ、男の中の男」

花音も合いの手を入れた。

そして、良子、詩織、純、実和子は納得して頷き合う。

「会長、お願いします」

部屋の中央にあった大きなテーブルに、五人の少女は並んでうつ伏せになっていた。

女の子たちは、灰色のプリーツスカートをめくり、ショーツをさらす。

良子は白にピンクのリボン付き、詩織は緑のレース付き、純は薄い水色、実和子はアニメ調のプリントパンツ、花音はお洒落なスキャンティだ。

女の子たちはそれぞれ自分で、ショーツを膝の半ばまで下ろした。

お尻の大きさは、詩織、実和子、純、良子、花音という順番になる。

(五つもあるオマ×コ、これを満足させるのはさすがに大変だわ)

しかし、やりごたえがあるから燃えるということもある。

凌は五つ並んだ女性器に、順番に逸物を叩きこんでやった。

「ああん、いい♪」

「やっぱり、最初のときより全然いいです」

破瓜の痛みはなく、快楽に浸ることのできるようになった女の子たちの歓喜の声が、室内に響きわたっていたときだ。

ふいに部屋の扉がノックされた。

慌ててあかりが対応する。

「なにか用?」

入口に立っていたのは、バスの中で耳を赤くしていた女生徒たち三人だ。

いずれも両手で股間を抑えてモジモジしている。そして、言いづらそうに訴えてきた。

「あの……わたしたち……車内でのことをだれにも言うつもりはありません。その代わりといってはなんなんですけど、わたしたちも小林くんにやってもらえませんか？」

「えっ⁉」

入口での会話が聞こえた凌は絶句してしまう。

女生徒の一人が叫ぶ。

「小林くんは、楠さんや山田さんたちと別に付き合っているわけではないのですよね。小林くんは二見高校女子全員の恋人だとか……。ならばわたしたちにもやられる資格があると思うんです」

「わたしも、小林くんに処女をもらってほしいです」

「生徒会の方々や、山田さんたちだけで楽しんでいるだなんて不公平だと思います」

口々に訴えてくる女生徒たちに驚いた凌は、入口に駆けつけて必死に宥《なだ》める。

「キミたち、ちょっと落ち着いて」

「お願いします。わたしたちも小林くんに処女を卒業させてほしいんです。小林くんが女生徒を食いまくっていることを、決して先生にチクったりしませんから！」

逆にいえば、やらないと先生にチクると言っているのと同じだ。

涙目の女性とたちに詰め寄られて、凌は降参した。

「あ、はい、やらせてもらいます。ぼくなんかでよろしければ、きみたちの処女を破らせていただきます」

「やったー！」

女の子たちは手を取り合って歓声をあげる。

やむなく、テーブルの上に載っていた少女たちを退かせて、代わって押しかけてきた少女たちに同じ体勢を取らせる。

かくして、凌は新たに三人の処女を頂戴した。

彼女たちは痛そうであったが、喜んで自室に帰っていく。

そして、改めて良子たちと再開しようとしたとき、再び扉がノックされた。

「あの……ここにくれば小林くんが、処女をもらってくれるって聞いたんだけど……」

またも頰を染めた女生徒が三人いた。

すでに前例があるのに、断るわけにもいかず、彼女たちの処女ももらう。

その後も、人目を忍んで破瓜志望の女生徒たちが、引きも切らず凌を訪ねてきた。

どうやら、女生徒の間で「小林くんに処女をあげられるチャンス」とかいう妙な噂が広がったらしい。

次々とやってくる女の子たちを、とてもではないが、独りの男で捌《さば》けない。

「はぁ〜、しかたありません。ここは生徒会で仕切ります」

やけ気味の良子がキビキビと指示を出す。

破瓜希望の女の子たちを並べて、良子、詩織、純、あかり、実和子、花音らが愛撫して濡らしてやる。

そして、できあがった女の子たちの処女膜を、凌の逸物がひたすら破りつづけた。

(なぜ女子高生は処女を捨てたがるのか？……まぁ、男も童貞を捨てられる機会があったら、捨てたいもんな)

処女を卒業した女の子たちはみんな喜んで帰っていくが、それを行なった凌は、人間性を破壊されていく気分だ。

その夜、男子生徒には知られぬままに、凌は修学旅行に参加していた女生徒ほとんどすべての処女を頂戴してしまった。

第四章　女子校生徒会長との不純異性交遊

「なんで、こんなことになったんだ……」

修学旅行に参加した女生徒すべての処女をもらうというわけのわからない状況に陥った小林凌は、独り頭を抱《かか》えていた。

（これは噂に聞く、モテ期というやつなんだろうか？）

凌は自分をいたって普通の人間と信じている。

顔は悪くない……つもりだ。性格も悪くないほうだと思いたい。背はクラスの男子の中では真ん中より後ろという程度。学校の成績も上位にはいるが、トップにはなれない。

生徒会長に選ばれたのは、人望があるというよりも、対抗馬の楠良子が当選したときの、独善的な支配を嫌った生徒たちの次善策と、腹黒愉快犯である寺田詩織の陰謀である。

すべてが平均よりはマシなのではないかという程度の自惚れは持っているが、ここまで常軌を逸した状況に陥った理由の説明にはならないだろう。

（単に処女を捨てたいと思っていたときに、簡単にやれる相手としてぼくがいたということだろうか？）

男が童貞でいることを恥ずかしいと考える心理があるように、女にも処女でいるのは恥ずかしいのかもしれない。

呆然と取り留めのないことを考えているうちに四日目が始まった。

この日の見学地は二条城《にじょうじょう》である。

「ここで大政奉還が行われたのか！　土方さまはさぞやご無念だったことだろうな」

風紀委員長の伊東純は、感涙を流して感慨に耽っているが、みんな慣れてきたようで、なにごともないかのように無視する。

観光から戻った凌が、夕食に配膳された豆腐の西京焼きを食べながら思い悩んでいると、向かいの席に座っていた詩織から質問された。

「花火はどうするの？」

花火といえば夏の風物詩だが、京都では観光客のために定期的にあげているとのことだ。もちろん、それほど大規模なものではない。

それが今夜だという。

「いや、どうするって?」

質問の主旨がわからず困惑する凌に、しっとりと笑った詩織は説明する。

「女生徒はみんな小林くんと花火を見たいでしょ。一生の思い出だし」

「はいはい。あたし、小林くんと花火見た〜い」

元気娘の山田あかりがすかさず右手をあげて立候補する。

「それはみんな小林くんといっしょに見たいですよ」

童顔巨乳天使少女の加賀谷実和子の言葉に、周りの女子たちも同調していっせいに頷く。

どうやら、食堂に残っている男子は凌だけで、残りは昨晩、凌と関係を持った女たちだけのようである。

凌が知らぬ間に、女子が男子を追い出したのだろうか。

「そして、最後はまたしっぽり」

不思議少女の遠藤花音のつぶやきに、女生徒たちはいっせいに赤面しながらも、照れ笑いを浮かべている。

（うわ、彼女たちみんな、今夜もやる気だ）

それと察した凌の背中に冷たいものが流れる。

修学旅行に参加した女生徒五十人あまり、彼女たちはみな凌に処女を捧げた。いわば恋人のようなものである。

（昨晩で出しきったんですけど、ぼくのおち×ちん。いや、でも気持ちいいんだよな。一日経ったからまたできるか。いやいや、生徒会長としてこのような風紀の乱れを看過することはできない。今夜はきっちりと断るべきだろう）

食堂の雰囲気を察した副生徒会長の楠良子は、勢いよく椅子から立ちあがった。もっとも座っているときと、立っているときの頭の位置の差はそれほどないが……。それはともかく左手を胸に当てた良子は、右手を広げながら告げる。

「生徒会長の女は、生徒会が仕切るしかないわね」

「うむ、大仕事だな」

風紀委員長の伊東純が、腕組みをしながら重々しく請け負う。

「いや、そこまでするようなことではないと思うよ……」

慌てた凌の言葉に、良子は両手をテーブルに叩きつけて激高する。

「甘い！　甘いです！　恋する女子たちの行動力をナメてはいけません！」

「そ、そういうものかな？」

剣幕に負けた凌は、スゴスゴと引き下がる。

（それに男子の目も気になるんだよなぁ）

同級生の女子の中でも綺麗どころ五十人あまりとエッチをして、その処女をもらったなどと知れたら、男子たちに袋叩きに合うことは容易に想像がつく。

（いまのところ、女子たち全員とぼくがやったことは、他の男子に知られないようにしているようなんだけど……）

このような不自然なことをしていれば、露見するのは時間の問題だろう。

しかし、女子たちはまるで修学旅行の夜の定番イベント、枕投げでもするかのように、凌とエッチするつもりのようだ。

彼女たちが特別淫乱というわけではないだろう。凌を好きというわけではない。凌が推測するに、彼女たちはオナニー感覚で、凌とエッチしたがっているのではないだろうか。

たまたま、エッチできる男がいると知ったから、その場のノリとか、やっておかないと損かも、などという安易な発想で処女を捨てただけに思える。

（集団心理の恐ろしさというやつだよな）

そして、女の子たちは、今夜もまた凌とエッチすることを楽しみにしていることが見て取れる。

（うん、さすがにやめておこう。女の子たちのオマ×コは気持ちいいけど、ぼくは仮にとはいえ生徒会長だ。連日、あんなに不埒《ふらち》なことをしていい道理がない。それに毎晩あんなにやっていたら死んでしまう）

生命の危機を感じた凌は、夕食を終えたあと、花火見学の準備をするふりをして、隙を見てホテルを抜け出した。

ホテルの裏山にあった神社の境内《けいだい》で一息つく。

「はぁ～、まったく、女の子がこんなにエッチだったなんて……。女性恐怖症になりそうだ」

京都にある寺だ。古ぼけていても曰《いわ》く因縁があるのだろうが、残念ながら凌は調べていなかった。

寺の裏側が崖になっており、腰の高さの低い木製の柵越しに、京都の街並みを一望できる。

ちょうど、丸太を半分にしたような長椅子があったので、そこに腰を下ろす。

なかなかの眺望だ。

東京などの大都会に比べれば町の明かりは少ないが、そのぶん星明かりは素晴らしい。

まさに満天の星空であり、地元の人には秘密の場所と言われていそうな見晴らしだ。

「あら、小林くんじゃない。よく会うわね」

女性の声に驚いた凌は、反射的に丸太椅子から立ちあがり振り返った。

暗がりの中から現れたのは、つややかな烏《からす》の濡れ羽色の長髪を腰にまで垂らし、切れ長の大きな目に、すっと通った鼻梁、尖った顎をしたクールビューティである。

女性にしては背が高く、スレンダーでありながら、グラマラスな体をクリーム色のセーラー服に包み、胸元には赤いスカーフ。膝下までのロングスカート、白い靴下に黒革の靴を履いていた。

女子高生ではあったが、自校の生徒ではないと知って凌は安堵する。

「や、やあ、清水さん、こんばんは」

聖母学園の生徒会長清水美咲であった。

境内の玉砂利を踏みしめながら近づいてきた美咲は、凌の傍らに立つ。

「隣、座っていいかしら？」

「どうぞ」

凌は慌てて右に一歩移動すると、ハンカチを取り出して、美咲の前の丸太椅子の表面を払ってやる。

「ありがとう」

クリーム色のスカートの中で膝を揃えて、美咲は腰を下ろした。

背筋をすっと伸ばした姿勢のいい座り方だ。両手は膝の上に置いている。

「小林くんも座ったら」

「あ……はい……」

促《うなが》された凌はどぎまぎしながら、美咲の左側に腰を下ろした。

予想外の人物との出会いに戸惑いながらも、間が保《も》たないと感じた凌はとりあえず質問をしてみる。

「清水さんは、どうしてこんなところに？」

あたりはすっかり暗い。とても、女の子が一人で出歩く時間ではないだろう。

「つまらない理由よ」

頭痛がするといった表情で、美咲は鼻から大きく溜め息をついた。

「花火を見るのに、わたくしの隣の席をどうするかで、ちょっとした騒動になってね。馬鹿らしいから逃げてきたわ」

「ああ……なるほど」

美咲のような女性が相手なら、どんな男でも女王蜂に尽くす働き蜂のように尽くすだろう。それはたとえ女であっても変わらなかったようだ。

現に、昨日の朝は、美咲が女生徒から告白されている光景を見ている。

美咲の言動からして、あのような出来事は日常茶飯事のようだ。

微笑した美咲は、凌の顔を見ながら首を傾《かし》げる。

「女同士でなにをやっているんだか？　って呆れるでしょ」

「いや、清水さんは魅力的だから、仕方ないことだと思うよ。人望があるってことでしょ」

「うふふ、またそうやってわたしを持ちあげる。わたしなんかより、小林くんのほうがよっぽどモテるじゃない」

美咲は意味ありげに凌の顔を見る。

凌は慌てて首を横にふった。

「いや、そんなことはないよ」

「ウソ、いつもたくさんの女の子に囲まれているじゃない」

修学旅行にくるまで自覚はなかったが、修学旅行中の女子の大半の処女を昨晩もらったのだ。モテるといえばモテるのだろう。

しかし、普通の意味でモテているわけでもない、という自覚もある。

「あれはたまたま、というか、生徒会長なんて仕事を押しつけられているから、彼女たちも必要に迫られて近くにいるだけだよ」

凌の言い訳に、美咲は神妙に頷く。

「女子高だと考えられないけど、共学だとあいうことは普通なのね」

いや、自分で体験しておいていうのもなんだが、かなり特殊な体験をしていると思う。

「共学ってすごいのね。わたくしも二見に行っていたら、小林くんの取り巻きの一人になっていたのかしら？」

「いやいや、無理でしょ。清水さんの周りには、それこそ大勢の男が群がるだろうからね。ぼくなんか近づけやしないよ」

凌の見解に、美咲は肩を竦めた。

「ふっ、小林くんは中学校のころから変わらないわね」

「そうかな？」

「ええ、そうよ。天然のたらし男」

酢を飲んだような顔になる湊に向かって、美咲は仕返しといいたげに、ニヤリと笑う。

「そんなことはないと思うけどな。正木さんだっけ。清水さんの友だちにはずいぶんと嫌われているみたいだ」

「正木ね。彼女の場合、小林くんを嫌っているのではなくて、男が嫌いなのよ。彼女の男嫌いは筋金入りよ」

「なにか理由でもあるの？」

美咲は少し考える表情をしてから答える。

「友だちのプライベートなことを公言するのは憚《はばか》られるけど……まさき屋って知っている？」

「えーと、スーパーの？」

湊たちの地元では有名なスーパーだ。支店も二、三軒あったと記憶している。

「そ、正木はそこの社長の一人娘なの。それでお父さんというのが、どうやら愛人を何人か囲っているらしくてね。そのせいで男を信じられなくなったみたい。男に負けたくないと空手まで習っているくらいよ」

「あはは、どうりで強そうだ。気をつけるよ」

凌は肩を竦める。

「清水さんは弓道をやっているんだね。昨日の通し矢を見たよ。すごく決まっていた」

「ありがとう。高校になってから始めたのよ。小林くんの見ている前で、恥をかかなくてよかったわ。それにしても、三年間、まったく会えなかったのに、地元を遠く離れた古都で、こうして再会するなんて運命的ね」

美咲の黒曜石のような瞳が、凌の瞳をじっと見ている。

目と目がばっちり合っていて離せない。

凌と美咲の顔は、三十センチも離れていないだろう。

(あの清水さんが、手を伸ばせば届く距離にいる。清水さんの顔、近くで見るとやっぱ綺麗だなぁ。こういうのを絶世の美女、いや、美少女というのだろうな)

芸能人にだって、ここまでの美少女はいないのではないかと思わせるに足る美貌だ。

吸い寄せられそうになるのを必死にこらえて、凌は声を絞り出す。

「……運命的かな」

「うん、わたしと小林くんは再会する運命だったのよ。女って運命って響きに弱いというけど、わたしいま運命を感じてしまっている」

薄闇に浮かびあがった白い美咲の貌は、まるで誘っているようだ。

魔法にかけられたかのように凌の両腕が、自然と美咲の肩を抱きしめた。

「……っ⁉」

美咲は軽く驚いた表情を作ったが、逃げようとはしない。それに勇気を得た凌が顔を近づけようとしたときだ。

ヒュー……ン、ドーン！

砲撃の音とともに、美咲の美しい貌の右面が光った。

花火があがったのだ。

美咲が視線を転じる。

ドドーン！　ドドーン！　ドドーン！

連続して色とりどりの花火が夜空にあがる。

「あら、ここ花火観賞の穴場だったのかしら？」

「そうだね」

二人はしばし花火を鑑賞する。

凌は、花火よりも花火を見る美咲の横顔に魅せられてしまった。

「綺麗ね」

「……清水さんのほうが綺麗だよ」

凌の言葉に、美咲は瞬きをしてから視線を転じて笑う。

「うふふ、ノリがいいのね。小林くんがそういう歯の浮くような台詞を口にするとは思わなかったわ」

「そうだね。自分で言ってちょっと恥ずかしい」

赤面した凌は、軽く頰をかいた。

そんな凌を、美咲はじっと見る。

「でも、修学旅行中に、中学時代の男の子と再会して見る花火……かなりロマンティックな体験だと思うわ」

「そうだね。いい修学旅行の思い出だ」

「やっぱり小林くんとの再会は運命的だわ。わたし、いますごい胸がドキドキしている」

長い睫毛に縁取られた美咲の黒い大きな瞳が、じっと凌の瞳を見ている。

潤んだ黒曜石のような瞳に吸い込まれるようだ。

そして、凌は吸い込まれた。

気づいたとき、凌の顔は前に出て、美咲の唇に重ねてしまっていたのだ。

「っ!?」

美咲は軽く目を見開いた。

(しまったっ!? ぼくはなにをやっているんだ?)

おそらく、修学旅行前の凌だったら、絶対にしない行為であった。しかし、修学旅行に来てからというもの、三夜連続でさまざまな女性と肌を重ねたために、女性に対する距離感がかなりゆるくなってしまっていたようだ。

(これは頬を叩かれる)

とっさに凌はそう覚悟した。

しかし、予想は外れる。美咲は目を閉じると、両手を凌の背中に回してきたのだ。

そして、いっそう強く唇を押しつけてきた。

「……っ」

しばし夢中になって唇を押しつけ合う。

(うわ、ぼく、あの清水さんとキスしているよっ!?)

中学時代の同級生。その圧倒的な美貌から他校の男子まで見学にくるという、ある意味で名物のような女性であった。

凌としても、友だち付き合いはしていたが、決して自分が口説き落とせるような女性だとは思っていなかった。

そんな女性《ヒト》と接吻してしまっているのだ。唇を離すのは惜しい。いや、もっと密着したと感じた凌は口を開き、舌を出した。そして、美咲のつややかな唇を舐める。

肉唇を割って舌を入れると、つるつるの前歯に触れた。まるで真珠のようだ。

（うわ、女の子って、歯が小さいんだよな。男とまるで違う）

自分の歯との大きさの違いに驚きながら、さらに舌を入れる。

美咲の上顎を舐め、縫い目をなぞる。

ゾク……。

頭を仰向けにした美咲の体が震えた。

どうやら、感じたようである。

女は上顎の縫い目を舐められると感じるのだ。凌はここ最近の経験から悟っていた。

さらに舌を伸ばし、丸まっていた美咲の舌を捕らえる。

「う、うむ、うむ……」

少し戸惑ったようだが美咲のほうからも、積極的に舌を絡めてきてくれた。

ぴちゃぴちゃぴちゃ……。

花火の光を側面に受けながら、二人は夢中になって舌を絡めた。

唾液が美咲の口角からあふれて、顎を濡らす。

中学時代、高嶺の花だと思っていた女の唇を、口腔を、舌をぞんぶんに凌辱する。

その時間は、一瞬のようでもあり、悠久《ゆうきゅう》にも感じた。

やがて花火が一段落したのをころ合いに、二人はようやく唇を離す。

美咲は、白いハンカチを取り出すと自らの唇を拭《ぬぐ》った。

「ふぅ……男の人とのキスって気持ちいいのね」

「その言い回しだと、女子とはあるの？」

「残念ながら、女子高にいると女同士のキスは挨拶みたいなものよ」

美咲は肩を竦めた。

「でも、男の人とはこれが初めて。まさか小林くんに奪われるとは思わなかったわ」

「それは……ごめん」

「謝らないで、別に怒ってはいないわ。そんなことより、それ？」

美咲が視線で指し示したのは、凌の股間だった。夜の闇にもはっかりとわかるほどにテントを張っている。

「あ、ごめん」

慌てて両手で隠そうとする凌を、美咲は押しとどめた。

「その……聞きづらいことなんだけど、小林くん、おち×ちん大きくなっているの？」

「すいません」

凌は小さくなって謝罪する。

「謝ることはないわよ。ここを大きくしているということは、わたしに発情しているってことでしょ？」

「そ、そういうことになりますね」

歯切れ悪く凌が答えると、美咲は表情を輝かせる。

「そっか、小林くん、わたしに発情しているのね。うふふ、女に発情されても気持ち悪いだけだけど、男の人に発情されるの、悪くない気分よ」

小悪魔的に笑った美咲は、そっと凌の右肩に手を置くと、耳元で囁く。

「もしよかったら、見せてくれない？」

「えっ⁉」

驚いた凌が顔を見ると、美咲は頬を染めて視線を泳がす。

「女子高にいると異性との出会いが全然なくて……。こういう機会でもないと見ることができないのよ。その……小林くん さえよかったらなんだけど。男の人って、そこが大きくなっちゃうと、いや、あれを出さないと収まりがつかないでしょ。わたくしでよかったら、その……お手伝いしてあげるわよ」

美咲のような才媛でも、女子高という閉鎖空間で生活していると、男の生態を勘違いしてしまうようだ。

（いや、これぐらい放っておけばもとに戻るんだけどなぁ。でも、清水さんがせっかく抜いてくれるって言っているのに、好意を無碍《むげ》にするわけには……）

騙すようで罪悪感を刺激されるが、絶世の美少女に男性器を見せたいというオスとしての欲求が抑えがたい。

凌は欲望に負けた。

「わ、わかったよ」

美咲が見つめる前で、凌はズボンの中から逸物を取り出す。

ぶるんっと音が聞こえそうな勢いで男根は跳ねあがった。

「っ!?」

一瞬、恐怖にかられたようにビクッと震えて顔を背けた美咲だが、すぐに横目で視線を下ろし、ややあって顔を戻した。

「へ、へぇ〜、これがおち×ちんというものなのね。小林くんの男性器」

凌の右側に腰を下ろしている美咲は、興味津々といった顔で上体をうつ伏せにして覆いかぶさってくる。

「不思議な形ね。保健体育の授業で習ってはいたんだけど、本物を見ると圧倒されるわ」

感慨深そうにした美咲は、亀頭部の先端に細く高い鼻の頭を近づけるとクンクンと匂いを嗅いでいる。

それから顔をあげて、上目遣いに凌を窺ってきた。

「触ってもいい？」

「どうぞ」

美咲は恐るおそるといったようすで、右手の人差し指を鉤《かぎ》状にして、亀頭部の先端をツンと突っつく。

男根が左右に揺れた。

その光景に、美咲は目を見張る。

「すごいわね。小林くんって、おとなしい顔して、股間にこんな凶悪なものを隠していたのね」

「いや、普通だと思うよ」

困惑する凌の言葉に、美咲は小首を傾げる。

「そうかしら？　わたしは初めて見たから、比べようもないけど……。これが女のあそこに入るだなんて、ちょっと信じられないわ」

「いや、入るものだよ」

凌の返答に、美咲は敏感に反応した。

「ということは入れたことがあるの？」

よけいなことを言ったと悟った凌だが、いまさら否定もできず、しぶしぶ認めた。

「そ、それは、そこそこに……」

「ねぇ、だれ？　寺田さん？　寺田さんと付き合っているの？」

どうやら、同じ中学ということで、美咲は詩織のことを知っていたようだ。

「いや、付き合っているわけではないんだけど……」

「付き合っているわけではないのに、エッチはしたの？」

「まぁ、そういうことになるかな……」

やむなく認めてしまった凌の返答に、美咲は感心した顔になる。

「寺田さん以外にもやっているということね……さすがは共学ね。小林くんのこのおち×ちんを楽しんでいる女の子たちが羨ましいわ」

美咲は右手で肉棒を握ると、ゆっくりと上下にしごいた。

「ねぇ、その子たちに迷惑かけないから、わたしもちょっとだけ舐めていいかしら？ここって、女が口で咥えてもいいのでしょ」

美咲の真摯な瞳に見つめられて、凌は後ろ暗い気持ちになりながら頷く。

「うん、清水さんさえイヤでなければお願い」

「イヤなはずないでしょ。小林くんの、お、おち×ちんよ。それじゃ、舐めさせてもらうわね」

右手で肉幹を持った美咲は、緊張した表情で亀頭部に向かって舌を伸ばす。

ペロリ……。

縦長の尿道口を横に開くように、濡れた舌は舐めた。

亀頭部の表面をペロペロと舐めていた美咲が、やがて困惑した顔をあげてきた。

「ごめんなさい。やっぱりどうやっていいのかよくわからないわ。ねぇ、どこをどうやって舐められたら小林くんは気持ちいいの？　教えてちょうだい」

「ああ、そうだね。基本的に先端の部分を舐めていればいいと思うよ。そこが亀頭部といって男の急所なんだ」

「わかったわ」

凌の指示を受けて安心したのか、美咲は夢中になって亀頭部に舌を這い回す。

「くっ、今度は先端を咥えてみて……」

美咲は口を開き、男根を頭から咥えた。

「奥まで呑み込むことはないよ。適当なところでやめて。そこから啜りながら頭を上下させるんだ。唇の裏で亀頭部の鰓《えら》をストッパーにするといいよ」

「んっ……んっ……んっ……」

ジュルジュルジュル……。

およそ美咲が出しているとは信じられない下品な吸引音を立てながら、美咲は一生懸命に肉棒を啜り、頭を上下させる。

口がふさがっているから、鼻で息をするしかないのだろう。鼻息が荒く、凌の陰毛が揺れる。

(ああ、あの美咲さんがぼくのおち×ちんを咥えている)

愛しくてたまらなくなった凌は、美咲のつややかな頭髪を撫でてやる。

「うむ……」

美咲はまるで猫が背中を撫でられたかのように気持ちよさそうに身悶えた。

凌の右手には、クリーム色のセーラー服に包まれた美咲の背中があり、さらにスカートに包まれた臀部がある。

凌の右手は、頭髪を撫で下ろして、背中を降り、さらにスカートに包まれた臀部に達した。

美咲が嫌がらなかったので、プリンッと弾力のある双臀を撫で回す。

(これが清水さんのお尻か。弓道をやっているだけあってやっぱり筋肉質だよな。きゅっと吊りあがっている感じだ)

調子に乗った凌は、厚手のスカートをたくしあげていく。やがて白いショーツに包まれた臀部があらわとなった。

(シンプルな白か。清水さんらしいな。でも、つやつやしていて高級感がある、もしかして絹なのかな?)

残念ながらパンティの素材を言い当てるだけの知識を、凌は持ち合わせていなかった。

凌の右手は、丸出しになっているパンティの上から尾骨のあたりを押してみた。

(たしか、このあたりを仙骨っていうんだよな)

本で読んだことがある。女の性感帯を高めるツボだ。

凌の右手の人差し指と中指で執拗に仙骨の周りを押した。さらに肛門と女性器の間にある会陰部にあたりをつけて押してみる。

「うむっ！」

肉棒を咥えたまま美咲が驚きの呻き声をあげる。

「清水さん、そろそろ出そうなんだ。そのまま続けて」

「……」

凌に左手で頭を抑えられた美咲は、素直にフェラチオを再開する。

女性器に触れることは畏《おそ》れ多い気がした凌は、代わりに執拗に会陰部を押す。

気づくと、白絹のパンティは食い込んで、Tバックのようになってしまっている。

その尻がクネクネと切なそうに動いている。

（ああ、あの清水さんが感じてくれているんだ）

それを察しただけで、凌はたまらなくなった。

背筋を電流が流れたような感覚が走り、睾丸からあふれ出した血潮が駆けあがる。

そして、美咲の口腔で逸物は猛々《たけだけ》しく脈打った。

「出るよ」

「むっ」

ドビュ！　ドビュッ！　ドビュビュッ！

美咲の口内で逸物は爆発した。

噴き出した液体が、美咲の口内にあふれかえる。

しばし肉棒をしっかりと咥えていた美咲であったが、肉棒が小さくなっていくのを確認して、慎重に身を起こした。

その際、さりげなくスカートを直してしまう。

椅子に姿勢よく座りなおした美咲は、右手で口元を押さえている。

「あ、吐き出していいよ。いま、口を濯《すす》ぐものを買ってくるね」

慌ててズボンを穿きなおし、近くの自動販売機に移動しようとする凌の腰のベルトを、美咲は左手で捕らえた。

そして、思いきったようすで喉を鳴らす。

ゴクン……。

(あ、飲んだ。ぼくの精液を清水さんが飲んじゃった)

驚く凌の見守るなか、一生懸命に口内の液体をすべて飲み終えた美咲は、ややぎこちなく微笑んで口を開く。

「少し驚いたわ。思いのほかすごい臭いのするものね。でも、女は慣れてくると、この味がたまらなくなるのでしょ?」

「そうなのかな？」

男の凌にはわからない感覚だ。美咲は満足そうに溜め息をつく。

「ふぅ〜、よかったわ。女子高にいる間は、絶対に味わえないと思っていた味。それも小林くんのザーメンを飲ませてもらえるなんて夢みたい」

「清水さん」

衝動にしたがって凌は、美咲を丸太の椅子に仰向けに押し倒してしまった。

「えっ、ちょ、ちょっと……」

「次はぼくの番だね。ぼくだけ気持ちいいのは不公平だ。清水さんにも気持ちよくなってもらいたい」

凌は有無を言わさずにクリーム色のセーラー服を腹部からたくしあげた。

まずまん丸い臍が見え、ついで純白のブラジャーに包まれた胸元があらわとなる。

そのブラシャーをたくしあげると、夜になお白い柔肌が花火に照らされた。

「さすが清水さん、綺麗なおっぱいだ」

「寺田さんのほうが大きいでしょ」

仰向けになってなお、かなりの重量感を持った乳房だ。実和子、詩織、純よりは小さいが、十分に巨乳の範疇《はんちゅう》に入るだろう。大きすぎないぶん、乳房としての理想形にすら思える。

「おっぱいの魅力は大きさだけではないよ」

そう嘯《うそぶ》いた凌は、いただきを飾る小粒の乳首を人差し指で押す。

残念ながら夜である。光源が花火だけでは、色まではよくわからない。しかし、凌の目は勝手に綺麗なピンク色と視認した。

「もうビンビンだね」

「それは、小林くんが悪戯するから。あん♪」

女性の乳首は勃起してからが本格的な性感帯だということを、凌はすでに悟っていた。

執拗に左右の乳首を摘まみ、乳頭をしごいてやる。

「ああん、そんな引っ張らないで……」

左右の乳首を釣りあげられた美咲は、背中を丸太橋のように反らせる。

「それじゃ、しゃぶっていい？　美咲さんのおっぱい」

「い、いいわよ。小林くんの好きにして」

「いただきます」

おどけた凌は左右の乳房を、それぞれ両手で根元から持ちあげるようにして、シコり勃った乳頭を咥えた。

そして、口内で強く吸う。

「ああん♪」

「痛い？」

美咲の声が尋常ではなかったので、いささか驚いた凌はいったん口を離す。

赤面した美咲は、右手で顔を覆った。

「いいえ、ただ、ちょっと、なんというか、乳首を吸われるのがこんなに気持ちいいとは予想外だったから……」

「ならよかった。もっと気持ちよくしてあげる」

安堵した凌は再び乳首を咥えた。ここ最近、さまざまな女性との体験を踏まえて、左右の乳首を執拗に吸う。

口内でビンビンになっている乳首を、舌先で弾き回す。

「あ、ちょっと、そこをそんなに吸われたら、伸びちゃう。そんなに吸われても、わ、わたし、母乳とかなにも出ないわよ。ああん」

動揺した声でなにやらまくしたてていた美咲が、やがて惚けた表情でおとなしくなった。

それを見て取った淩は、ようやく乳首責めをやめる。

そして、丸太椅子に仰向けになったままぐったりとしている美咲に質問する。

「乳首だけでイッちゃったんだ。清水さん敏感だね」

「恥ずかしい。小林くんにならなにされてもいいと思ったけど、体を任せるのがこんなに恥ずかしい体験だとは思わなかったわ」

美咲の感想を、淩はせせら笑う。

「なにいっているの。恥ずかしいのはこれからだよ」

淩は、美咲の長い両足を揃えて抱《かか》えあげた。ひざ丈のスカートがめくれて、白い太腿と白いTバック状態のパンティが再びあらわとなる。

気高い乙女の最後の砦にしては、かなりヘロヘロになってしまっている絹のパンティの左右の腰紐に手をかけると、淩はいっきに引き抜いた。

ぬらっと透明な粘液が糸を引き、花火の光を受けて輝いた。

「あはっ、清水さんでも、こんなに濡れるんだ」

「小林くんの意地悪」

下半身を剝かれた美咲はすねたように顔を背ける。

「ごめん。ほら、清水さん、自分で太腿を抱えて」

凌に促されるままに、美咲は自らの太腿を両手で押さえた。

いわゆるまんぐり返しの体勢だ。

「ああ、野外でこんな格好……」

女性のもっとも大事な部分を高く翳《かざ》して、美咲は不安そうな顔をしている。

美咲のようなお嬢様が、野外でこのような痴態を演じるなどふだんでは考えられないことだろう。

やはり、修学旅行という非日常空間ゆえに暴走しているのだ。

凌もまた暴走していた。

両手の人差し指と中指を、肉裂の左右に添えると、ぐいっと割ったのだ。

くちゃっと糸を引きながら、肉裂が割れる。同時に、プーンッと修学旅行に来てから毎日嗅いでいる処女臭が鼻孔をくすぐった。

どんな絶世の美少女であっても、処女である以上は逃れられない臭いらしい。

(うわ、いままで嗅いだオマ×コの中で一番臭うかも……)

美しすぎる顔とのギャップがすごかった。

このとき凌は知らなかったが、性的に無垢な女性ほど、女性器は臭うものだ。

つまり、非処女であれば、男にどう扱われるか知っているからこそ、風呂に入ったときなどに丁寧に洗っている。

非処女であっても、知識があればできる限り清潔に保とうとするだろう。

しかし、性的に潔癖であればあるほどに、自分の生殖器に触れることに罪悪感を持ち、丁寧に洗うこともない。だからどうしても臭ってしまうのだ。

「これが美咲さんのオマ×コか、さすがに綺麗だね」

花火の明かりだけではよく見えないが、綺麗に感じるのは思い入れのなせるわざであろう。

強烈な牝臭に誘われて、凌は顔を下ろす。

次の瞬間、美咲の両手で頭を押さえられた。

「ちょ、ちょっと待って。なにをするつもりなの？」

あと少しで可憐なる花園へと顔を埋めることを止められた凌は困惑する。

「なにってもちろん、クンニだよ。美咲さんがフェラチオをしてくれたお礼」

「いや、その……わたし、考えてみたら、今日まだお風呂に入っていないの」

「別に問題ないよ」

凌が頭を下げようとするのを、美咲は必死に止める。

「いや、でも、わたしトイレにも行ったし、き、汚いわよ。ああ♪」

凌は強引に顔を下ろして、剝き出しの女性の肉舟を下から上まで豪快に舐めあげた。

すると、美咲の抵抗は目に見えて弱まる。

「オマ×コを舐められるのって気持ちいいでしょ？」

「し、知らない……」

涙目の美咲は赤面した顔を背けた。観念したのだと察した凌は、思う存分に中学時代の憧れの少女の陰唇を舐めることにした。

「ふふ、清水さんのオマ×コ、すっごく美味しい」

ピチャピチャピチャピチャ……。

古都の夜にしじまに、猫がミルクを舐めるような音が響く。

「あ、ああ、ああ……」

美咲は羞恥に身悶えながらも、気持ちよさそうな声を出した。

（うわ、ぼく、いま、あの清水さんのオマ×コ舐めちゃっているよ）

三日前の凌であったら、こんなことは決してできなかった。

凌の舌は、美咲の粘膜を隅から隅まで舐め回し、さらには膣孔に押し込んで処女膜まで舐めた。

さらにクリトリスを捕らえる。

「そ、そこはやめて、し、痺れるの」

美咲にすすり泣くように懇願された凌は、小首を傾げる。

「清水さん、オナニーのときここを自分で触らないの?」

「そ、そんなはしたないこと、わたしはしないわ」

「っ!?」

本当が嘘かわからないが、美咲ならば本当にオナニー経験がなくても納得してしまう。

「そっか、なら、思いっきり舐めて気持ちよくしてあげる」

「えっ、ああ、そこは、ダメ、ダメって言っているのに、ああん♪」

凌の舌先は、執拗に陰核を舐め回した。だけではなく、唇まで使い陰核の包皮を剝きあげてしまう。

自分でオナニーもしないと豪語した気位の高いお嬢様である。包皮の中は恥垢でいっぱいなのかもしれないが、花火の光量では確認できない。

凌はかまわず剝き出しの陰核を口に含みしゃぶり倒した。

「ああ、やめて、そこ、ダメ、おかしくなる。おかしくなっちゃう。もう、もうダメ、本当にダメ、ああ、許してぇぇ」

ビクビクビクビク……。

泣き言を喚いていた美咲の体に電流でも流れたかのように激しく痙攣したかと思うと、ぐったりとおとなしくなった。

そこで凌はようやく美咲の陰唇から顔をあげる。

「はぁ……はぁ……はぁ……」

胸を大きく上下させながら丸太の椅子に仰向けに倒れていた美咲は、両足をまるで潰れた蛙のようにだらしなく蟹股開きにしていた。

ふだんの颯爽たるふるまいからは信じられない痴態だ。

それを見下ろしながら凌は、先ほど美咲にしゃぶってもらっていたときよりも、さらにいきり立っている逸物を構えた。

「清水さん、入れていいかな？」

惚けていた美咲は、慌てたようにすばやく視線を左右に動かす。

「ここで最後までするの？」

「ダメかな？」

「……小林くんにならいいんだけど、ここ、だれも来ないわよね」

不安そうな美咲に、凌は力強く請け合った。

「うん、大丈夫。いざというときは、ぼくが清水さんを守るよ」

美咲はあきらめの溜め息をつく。

「……いいわ。小林くんの好きにして……」

「ありがとう」

歓喜した凌は、美咲の両足を両肩に担ぐと、いきり立つ逸物の切っ先を、暗闇の中で濡れ光る陰唇に添えた。

ヌルリっと亀頭部の半分ほどが入ったところで、先端に柔らかい膜を感じる。

「ええ……」

「息を吐きながら力を抜いて」

美咲が大きく息を吐き、吐ききる寸前に、凌は腰を落とした。

ブンッ！

「ひぃ」

乙女の最終防衛ラインが破れた。

そこさえ突破すれば、あとは阻《はば》むものはない。

男根は乙女の隧道《すいどう》を容赦なく蹂躙し、最深部にまで押し進む。

「ああっ!?」

断末魔の如き呻き声を出した美咲は、両手両足で必死に、凌に抱きついてくる。

その手足以上の力で、膣孔が締まった。

（く、これが清水さんのオマ×コの中か……。くぅ、ち×ちんを絞め殺されそう）

破瓜の最中の女の子特有のギッチギチの締めつけだ。ここ三日間、毎晩、味わっている感覚だから、驚きはしない。

しかし、何度やっても慣れない。痺れるような快感がある。

女の子のたった一枚しかない貴重なものをもらうのだ。男冥利《みょうり》に尽きるというものだろう。

「……」

凌は慌てず、眉根を寄せて破瓜の痛みに苦悶する乙女の顔を観察する。

（さすが清水さん、破瓜のときの表情も淫らで美しい）

やがて落ち着いてきたのだろう。きついだけだった膣洞が緩み、ざらざらとした肉襞がやわやわと肉棒に絡みついてくる。

「大丈夫？」

「ええ、まだ少し痛いけどいい感じよ。小林くんのぬくもりが、お腹の中から全身に広がってくるの。ああ、これが女の喜びというものなのね。全身の細胞が喜んでいる感じがする。女の体は、男にこうやって貫かれるためにあるんだって身をもって実感しているわ」

「それはよかった」

美咲が思いのほかに余裕があることに、凌は安堵した。ここ数日の経験が生きたというべきだろう。

美咲は恐るおそる、凌の顔を窺う。

「そ、その……小林くん、わたしのことを気遣ってくれているんだろうけど、動いてもいいわよ。男の人は単に女を貫くだけではなく、ズコズコと突き回したいのでしょ」

「そうだけど、清水さん、体は大丈夫？」

「ええ、たぶん、平気よ。せっかくなんだし、わたし、小林くんのおち×ちんを思いっきり楽しみたいわ」

どうやら美咲は、凌とこのような関係になれるのは、今夜一夜だけと思っているようである。

たしかに学校が違うのだ。そうそう会えるものではない。

「わかった。でも、どうせだから、花火を見ながらしようか？」

思案した凌は、美咲と結合したまま身を起こし、木製のベンチに座りながら、美咲の体を反転させる。

結果、背面座位となった。

美咲は花火に向かってM字開脚をする形である。

「え、ちょっと、これって」

ドーン！　ドーン！　ドーン！

夜空に、色とりどりの光の華が咲いては散る。花火の音と振動が、全身に襲ってくるようだ。

「もし花火からこちらを見下ろすことができたのなら、ぼくのおち×ちんを咥え込んでいる清水さんのいやらしいオマ×コが丸見えだろうね」

そううそぶいた凌は、両腕で美咲の足を抱《かか》えつつ、両手の指で乳首を摘まんだ。

「い、言わないで……」

「それじゃ、始めるよ」

恥じ入る美咲を抱えて、凌はリズミカルに腰を、というよりも、美咲の体を上下させてやる。

「ち、ちょっと、小林くんのおち×ちんが、わたしの奥に、し、子宮に当たっている」

美咲の自重もあって、逸物はかなり深く突き刺さったようである。美咲は動揺の声をあげた。

腹に響く花火の衝撃を全身に感じながら、凌は美咲の両膝を抱えて、上下に動かす。

「ああ、ダメ、これ気持ちいい、子宮に当たるの。子宮口にぴとって小林くんのおち×ちんでキスされるの。ああ、ズンズンくる。ああ、子宮が揺れて、ああ、子宮が喜んでしまっている」

気高い美少女も、初めてのセックス体験に、すっかり理性を失っているようである。

大口をあけ、涎を垂らしながら悶絶した。

ころはよしと判断した凌は、右手をセーラー服の中から下ろし、男女の結合部をまさぐって陰核を押してやった。

「あああん、おち×ちん入れられた状態で、そこ弄《いじ》られると、き、気持ちいい」

肉棒を咥えた膣孔が、狂ったように収縮している。

「清水さん、出すよ」

「えっ!?　なにこれ?　おち×ちんがお腹の中で、ああ、暴れている。ダメ、これ気持ちよすぎる、ああ♪」

膣内に呑み込まれている逸物の動きというのが、女には手に取るようにわかるものらしい。

美咲は動揺に目を見開く。

（清水さんを妊娠させたい）

本能的にそう思った凌は、亀頭部を子宮口に押しつけた状態で思いっきり射精した。

「ひぃ！」

ドビュッ！　ドビュッ！　ドビュッ！

「かかっている。子宮にかかっている。小林くんのザーメンが子宮に、ああ♪　妊娠しちゃう」

膣内射精をされた女子高の生徒会長は、しばし身を固くしていたが、勢いよく噴出していた射精の終わりとともに、逸物が小さくなっていくにしたがって全身から力を抜いた。

そして、惚けた状態のまま呟く。

「かい……かん」

次の瞬間、男女の結合部のすぐ上から、熱い飛沫があがった。

プシュ――ッ！

（これは潮吹き？　いや、おしっこか？）

凌は驚いたが、美咲も驚いたようだ。慌てて尿道を締めようとしたようだ。膣洞もきゅっと締まってくる。

「ウソ……止まらない……」

美咲は必死に、尿道を締めようとしているようだが、腰が抜けているらしく、上手《うま》く制御できない。いや、尿道に入ってしまった液体を、膀胱に戻すことはできないのだ。

自分がまさか失禁するような痴態をさらすとは想像していなかったのだろう。美咲は動揺して恥じ入っている。

そのさまが面白く感じた凌は右手の指で噴き出す液体を掬《すく》ってから、舌を出してペロリと舐めた。

「あはっ、清水さんのおしっこ飲んじゃった。清水さんに告白していたあの子に怒られそうだね」

「小林くんの意地悪……」

美咲は恨めしげな顔をする。

やがてすべてを出しきった美咲の放尿も止まった。そこで凌は結合を解いてやる。

「……」

足元をふらつかせながらも立ちあがった美咲は、ティッシュを取り出して、黙々と自らの股間をぬぐった。

「まったく、小林くんがこんなに好き者だったなんて知らなかったわ。わたしたち女子高では、男は狼だから、油断してはいけないと教えられるけど、ほんとうだったのね」

「狼に罪はないよ。おいしそうなお肉が目の前にあったら、齧りつくのは本能だ。おいしそうなお肉のほうが悪い」

「言ったわね」

美咲は怒った表情で、凌の顔を睨む。

しかし、この状況では照れ隠しであることは見え見えなだけに、凌はいっこうに恐れない。

美咲はあきらめの溜め息をつく。

「初体験の相手が、小林くんかも、と考えたことはあったけど。まさか修学旅行で再会して、そのまま野外でやられちゃうというのは、想像もしなかったわ」

「その点に関しては、ごめん」

凌は素直に頭を下げた。

「ううん、いいのよ。毎日、処女臭い匂いに囲まれてうんざりしていたし。とりあえず、自分からはその臭いがしなくなったのだと思うと、それだけで嬉しいわ」

それから股間をぬぐったティッシュを眺めて、美咲は呆れた表情をする。

「それにしても、こんなに中出しして、もし妊娠していたら責任とってもらうわよ」

「えっ!?」

「冗談よ。わたし、大学行くつもりだし、学生結婚はちょっとできないわ。ちゃんと処理するから安心して」

ちろっと舌を出した美咲は、いそいそと白いショーツを穿きなおす。

そして、陶然と溜め息をつく。

「ああ、お腹の中が温かい。まだ、小林くんの精液が中に入っているのね。この感覚、とっても気持ちいい」

女にしかわからない余韻に浸っていた美咲が、なんとか表情を整える。

「そろそろ戻りましょう。あまり長いこと行方をくらませると問題になるかもしれないわ」

「そうだね」

颯爽と歩きだそうとした美咲がたたらを踏んだので、慌てて凌が支えてやる。

「大丈夫？」

「ありがとう。あはは、わたし……腰に来ちゃっているわね。だれかさんに大穴を開けられちゃったせいで」

「ホテルまで送るよ」

凌の右手が、美咲の腰を抱く。

「まったく、ほんと天然のたらしなんだから……」

美咲は凌の右側面に、身を預けながら歩く。

「ねぇ、修学旅行が終わったら、また会ってくれる？」

「ええ、もちろん」

「ありがとう。わたし、小林くんの他の恋人のみなさんに負けないようにがんばるわ」

かくして、凌は四夜連続で処女を食ってしまった。それも他校の女子である。

第五章　女子校の淫らすぎる洗礼

「清水《きよみず》の舞台から飛び降りるという言葉があることを知っていますか？」

修学旅行の五日目、二見高校は清水寺の見学となった。

生徒会の会計係である寺田詩織の言葉に、サイドアップにした頭髪を振り回しながら山田あかりが反応する。

「え、なになに、どういう意味？」

「運試しということですね」

なにを思ったか、目をキラキラと輝かせたあかりは欄干に手をかける。

「マジ、ちょっとやってみようかな？」

「レッツダイブ」

不思議ちゃんの遠藤花音の煽りを受けたあかりは、本当に飛び跳ねかねないと感じたのだろう。青くなった巨乳天使の加賀谷実和子は、慌ててあかりを背後から羽交《はが》い絞めにする。

「ダメだって、死ぬし。この高さから落ちたら死んじゃうよ～」

そんな騒動をよそに、風紀委員長の伊東純は難しい顔で凌に提案してきた。

「ここから御陵衛士《ごりようえじ》の屯所《とんしよ》が近いと聞いたのですが、行ってみてもよろしいですか？」

「えーと」

凌が返事をするよりも先に、副生徒会長の楠良子が声を張りあげる。

「ダメに決まっています！　風紀委員長が率先して、団体行動を乱してどうするのよ！」

「うー、残念です。伊東甲子太郎《かしたろう》は同姓ゆえに親近感を持たないでもないのですが……。とはいえ、わたしは断然、土方さま派ですからね」

「はは……」

周囲の姦《かしま》しさに翻弄されているうちに、その日の見学を終えた凌たち一行はホテルに戻る。

ロビーに入ると、クリーム色のセーラー服を着た背の高いスレンダー美人、短髪で前髪をぱっつんと切りそろえた女がツカツカと歩み寄ってきた。

聖母学園の副生徒会長である正木友梨佳だ。

清水美咲といっしょにいるところを何度か目撃している。お嬢様学校に通っているのに空手をやっている筋金入りの男嫌いだと聞いた。

背後に取り巻きと思える少女たちを従えているさまは颯爽たるものだ。一瞬、キラキラとしたエフェクトのかかった白馬に乗った王子様と錯覚しそうになる。

「な、なに？」

気を飲まれたあかりは慌てて道を譲って、実和子の背中に隠れる。

「ありがとうございます」

あかりに丁寧にお礼を言ったあと、宝塚の男役が務まりそうな女は凌に向かって慇《いん》懃《ぎん》に話しかけてきた。

「聖母学園の生徒会のものです。二見高校生徒会長の小林凌さんですね。うちの清水が協議をしたいとのことです。お手数ですが、ご足労をお願いいたします」

「あ、はい。わかりました」

美咲の処女を奪ったのは前夜のことだが、それとは関係ないだろう。おそらく同じ県内の高校として、なにか情報を共有したいことでもあったのだろうと考えた凌は素直に受けることにした。

良子が一歩進み出る。

「二見高校、副生徒会長の楠です。わたしもごいっしょしてよろしいでしょうか？」

「いえ、けっこうです」

友梨佳はにべもなく拒絶する。しかし、良子は小さな体で果敢に食い下がった。

「いえしかし、学校間の協議というのなら、こちらも相応の人数を出すのが筋というものでしょう」

さらに詩織もニッコリと優しい笑顔。ただし、凌の目には腹黒く見える笑顔で申し出る。

「わたしは清水さんと同じ中学校でしたし、お邪魔にはならないと思いますよ」

生徒会のメンバーが強引に同行しようとするのを、友梨佳に従っていた女生徒の一人、ツインテールの少女がさえぎった。

たしか先日、階段の踊り場で、美咲に告白していた少女だ。名前は知らないが、苗字はたしか冠城と友梨佳が呼んでいた気がする。

美咲の前では気弱にふるまっていた少女なのだが、思いっきり蔑みの表情でのたまった。

「不要と申しておりますわ。二見如きが清水お姉さまの友だち面《づら》しないでくださいませ」

たしかに名門のお嬢様学校に比べて、偏差値の低い高校であることは厳然たる事実だが、面と向かってこういう言い方をされると愉快ではない。さすがに二見高校の生徒たち一同の表情が険しくなった。

「無礼であろうっ！」

純の一喝がロビーいったいに響き渡った。

一寸触発の気配を察した友梨佳は、社交的な笑みを浮かべた。まるで石像が笑ったようだ。

いわゆるアルカイックスマイルというやつだろう。

「失礼しました。どうもわが校の生徒は男子に不慣れな者が多くて。ご無礼があったことは謝ります。ほら、冠城、謝れ」

「ご、ごめんなさい」

友梨佳に命じられた冠城は、不満そうな表情のまま ちょこんと頭を下げる。

二見高校の生徒たちが機嫌を損ねていることを察した凌は、意図的に軽く応じた。

「いいよいいよ、心配しないで。キミたちは部屋で級長たちの報告をまとめていてよ」

たしかに友梨佳たちの態度は友好的とは言いかねる。しかし、美咲が呼んでいるのだ。彼女の提案ならそう悪い話ではないだろう。

「了解しました。会長がそうご判断なさるのでしたら……」

小柄な良子は、スラリと背の高い友梨佳を物言いたげな顔でして見あげていたが、強引に同行するのも憚《はばか》られると感じたのだろう。いまにも斬りかかりそうな表情の純の腰の後ろを軽く叩いて引き下がった。

「じゃ、ちょっと行ってくる」

「では、こちらに」

友梨佳は軽く一礼してから歩きだした。その背中に凌はついていく。凌の左右や後ろに冠城をはじめとした聖母学園の生徒が続いた。

凌を囲む聖母学園の女子たちはいずれも十分に美人の範疇《はんちゆう》に入る方々だが、いずれの表情も険しい。

（まるで護送されている気分だな？　まぁ、清水さんに会うまでの辛抱か）

息苦しさを感じながらもエレベータに乗る。狭い室内に、男一人、女五人だ。体が密着しそうで気を遣う。パネルは友梨佳が操作した。

聖母学園の生徒たちは、主に五階を利用しているようだ。

チーン！

機械音が鳴り、扉が開く。

臙脂《えんじ》色のカーペットの敷かれた廊下に出る。

この階層に凌が足を踏み入れるのは初めてだ。

名門の女子高生徒が満載なのかと思うと、漂う空気もかぐわしく感じる。

「こちらです」

ここでも友梨佳が先導し、凌はついていく。

(伊東さんほどではないが、ずいぶんと背が高くてカッコイイな。それで細身だ。まるで少女漫画に出てくる王子様みたいな姿だ。これで筋金入りの男嫌いだなんてもったいないなぁ。うちの高校の男子なら、土下座してでも付き合ってくれというやつがいくらでもいるだろうな。それに足運び、さすが空手をやっているだけあって安定感がある。強そうだ。なにかあったら、ぼくなんかあっという間にぶっ飛ばされるだろうな)

そんなたわいもない想像をしているうちに、友梨佳は部屋の前で足を止めた。

ルームキーで鍵を開け、葡萄色の光沢のある扉を開く。

「どうぞ」

促《うなが》されて、凌は先に足を踏み入れた。入口で靴を脱いで上がる。

「失礼します」

同じホテルだけあって階が違っても、凌たちが利用している部屋の造りとほとんど変わらない。

八畳ほどの畳の間。凌たちの部屋にもあった重厚なテーブルは部屋の隅に寄せられ、窓際は床の間になっており、そこには簡易なテーブルと籐の椅子があった。

「ん？」

なんでテーブルが片付けられているのだろう。それに当然、室内で待っていると思われた美咲の姿がない。

違和感を覚えた凌が、背後を振り返り質問しようとしたときだ。

「やれ」

低く剣呑《けんのん》な響きを持った指示に続いて、凌の背中に衝撃が走った。

（体当たりされたっ⁉）

背中だけではない。両足にもタックルされたようである。

たまらず凌は畳に転がった。

「逃がすな！　取り押さえろ！」

友梨佳の緊迫した指示が飛ぶ。

抵抗する間もなく凌は、畳の上に大の字に寝かされていた。四肢にはそれぞれクリーム色のセーラー服姿の女子高生が跨《また》がり座っている。

「捕らえましたわ！」

凌の右腕に跨って勝ち誇った声をあげたのは、ツインテールの少女だ。

「よくやった」

凌の開かれた足の間に立った友梨佳は腕を組み、蔑《さげす》むような眼差しで見下ろしてくる。

状況が理解できない凌は、恐るおそる質問してみた。

「えっ、えーと、これはどういうことですか？」

女子の体重は軽いといっても、みな五十キロ前後はあるだろう。それが四人も手足に載っているのだ。身動きが取れない。

いや、本気で抵抗すればなんとかなるのかもしれないが、女子を相手に暴力を振るうのは躊躇《ため》らわれる。

友梨佳はきつい表情で、いや、明らかに敵意を持った表情で口を開いた。

「小林凌。あなたには重大な犯罪の疑惑があります」

冠城をはじめとした四方の少女も、眉を吊りあげた表情で頷く。

「は、犯罪の疑惑？」

女の子たちの険悪な雰囲気に呑まれた凌は、ますます困惑して目を白黒させる。

「それじゃ、ここに清水さんは？」

「来ません。清水の部屋はここからちょうど反対側になります。叫んだところで絶対に聞こえませんよ」

友梨佳は悪びれるどころか、傲慢に言ってのけた。

どうやら謀《はか》られたらしい。さすがに愉快ではない凌は固い声で応じた。

「そういうことなら、ぼくは失礼する。キミたちどいてくれないか？」

女の子たちは退く気配がない。

友梨佳は蔑むような表情のまま、わざとらしい猫撫で声を出す。

「そう急いで帰ることはないでしょう。せっかく女子高の部屋に遊びに来たんです。男子生徒にとっては、夢のような体験なのではありませんか？」

「……それは相手が友好的な場合に限りますね」

「ふん。まぁ、あたくしたちもあなたと話していて楽しくありませんからね。お互いさまですね。では、とっとと要件に入りましょう」

酷薄に鼻で笑った友梨佳は、肩をそびやかせ無駄に格好いいポーズを決めながら質問してきた。

「昨晩、あなたは清水といっしょに花火を見ましたね」

「え、ええ……たまたま裏の神社で会ったからね」

戸惑いながらも凌は認めた。それくらいならば、認めても美咲に迷惑をかけないだろう。

形のいい顎に指を添えた友梨佳は、宝塚の男優のような芝居がかった仕草で追及してくる。

「それだけではないでしょう？」

「……質問の意味がわからない」

凌の脳裏には、美咲とエッチしたことが浮かんだ。しかし、それをそのまま告白すれば、美咲の迷惑になることはわかった。

（つまり、彼女たちは清水さんを陥《おとしい》れようとしているのだろうか？）

美咲は超絶な美人だが、それだけに他者と迎合しない自分だけの世界感を持っているところがある。敵も多いだろう。

凌の右腕の乗っている冠城は、告白してフラれたことの逆恨みでもしているのだろうか。

いずれにせよ、男として、美咲を守らねばならないという使命感を覚えた凌は、すっとぼけることにする。

しかし、友梨佳はそんな逃げを許すつもりはないようだ。目を眇《すが》めて、前かがみになる。

「実は、昨晩、花火見学から帰ってからというもの、清水が挙動不審なのです」

「挙動不審？」

ふいに凌の右腕に座っていたツインテールの女の子が叫んだ。

「あのクールな清水お姉さまが、なにもないのに独りでニコニコしていたのよ！」

「清水さんだって思い出し笑いをすることぐらいあるだろ」

凌の答えに、友梨佳は首を横にふるった。

「いや違うな。あれは噂に聞く、男ができてしまった牝の仕草そのもの」

突如、冠城が両手で耳を塞いで叫んだ。

「いや～、やめてぇ～。清水お姉さまに限って、あの清水お姉さまに限って汚らわしい男にやられるなどということがあっていいはずがありません！　あっていいはずがありませんわぁ～！」

「冠城、気持ちはわかる。しかし、事実は事実だ」

錯乱する少女の肩に手を置いて宥《なだ》めたあと、友梨佳は鎮痛な表情を凌に向けた。

「単刀直入に聞きます。貴様、清水とやったでしょ？」

「な、なにを根拠に……」

ギクとしながらも、凌は必死に否定した。

友梨佳はゆっくりと首を横にふるう。

「まことに受け入れがたい事実ながら、動かしがたい証拠はあがっています」

「証拠？」

「ええ」

そういって友梨佳は懐からなにやら取り出した。それは白い布切れだ。

（ハンカチ？）

と思ったが、違ったようだ。

友梨佳が丁寧に広げると、それはつややかな生地を二重にした三角形の布だった。

（パンティ？……だよな）

戸惑う凌の視線の先で、友梨佳は両手で持った純白の布切れを眼前に翳《かざ》してみせる。

「これは昨日、美咲の使用していた下着よ」

「おおっ⁉」

周囲の女の子たちが感動の声をあげる。

仰向けになっている凌は思わず叫んだ。

「いっ⁉　いや、いやいやいやいや、なんで清水さんの使用済みパンティをキミが持っているんだ？」

「そんなの、美咲のバックからこっそり抜き取ってきたに決まっているでしょ」

パンティを翳したまま、友梨佳は悪びれずにけろっと応じる。

「それ犯罪だから！」

「わたくしたちは女同士ですから、問題ありません」

「いや、問題あるから！　窃盗だから！」

凌の必死の訴えに、友梨佳は眉を顰《ひそ》める。

「心外なことを言わないでください。あたくしと美咲は親友です。少し借りているだけです。あとでちゃんと戻しておきますよ」

そういいながら友梨佳は、両手に持ったパンティを鼻先に持っていくと、鼻から大きく息を吸った。

「あぁ〜、あたくしは美咲のパンティの匂いから、生理の周期から健康状態までわかります」

「さすがです、正木お姉さま」

冠城という少女は感動しているが、凌はドン引きする。

どうやら、彼女は定期的に美咲の使用済み下着を盗んで、匂いを嗅いでいたらしい。

（すげぇ、というか、それ完全にストーカー。この正木って人、けっこうな美人なのに、なんて残念な人なんだ……）

そんな凌の呆れた視線など意に介さず、友梨佳はパンティを握りしめて力強く吠える。

「そのせいでわかってしまったのです！　これはいつもの美咲の臭いではない！」

そういって友梨佳は、二つの足穴にそれぞれ両手を入れると、あやとりのように広げて、女性の秘部に密着する部分を翳してみせる。

「不思議に思って確認すると……。ほら、ごらんのとおり、おりものでこんなに汚れている。そして、この血の痕。これは生理の血ではないことは、女ならわかる」

「……」

周りの少女たちは涙目で頷く。

（いや、わからないって）

残念ながら男の凌にはさっぱり見当もつかない。

穢れたパンティを翳しながら、友梨佳は涙目で力説する。

「これはおそらく、まごうことなき破瓜の血。思い出してみれば、昨晩から美咲は変だった。歩き方はぎこちなく、つらそうにしていながら、妙に幸せそうだった。そう、間違いなく、美咲は昨晩、純潔を散らした。そして、状況から考えて、相手は小林凌。貴様しかありえない」

興奮し唾を飛ばしながら凌を指さした友梨佳は断言した。

「……」

事実なだけに凌は言葉に詰まる。

ここで凌が認めたら、美咲はどういうことになるのだろうか。

名門女子高の生徒会長が、修学旅行中に他校の男子と不純異性交遊。まさか退学ということはないだろうが、停学ぐらいはありえる。

いずれにせよ、学校での評判や内申書などいろいろと悪影響が出るはずだ。

男として、やった女性の迷惑になるようなことだけは絶対したくない。そう考えた凌は黙秘を貫くことにする。

「うわぁ～～～ん」

不意に凌の右腕に跨っていた冠城は、身を投げ出して大声で泣きだした。

「悲劇ですわ。清水お姉さまのような方が、汚らわしい男。それもこんな冴えない男に貞操を奪われるだなんて……」

それに残りの三人も追従する。

「信じられませんわ。あの清水さまに限って」

「魔が差したということでしょうか？」

「日本開闢《かいびゃく》以来の悲劇ですわ」

いや、さすがにそれは言いすぎ。

と凌は内心で突っ込むが、悲嘆にくれる女の子たちは大真面目である。

やがて女の子たちが落ち着いたところを見澄まして、独り佇立《ちょりつ》していた友梨佳が口を開く。

「さて、言い訳があれば聞きましょうか？」

「……なんのことだかさっぱりわからない。清水さんがいないというのならぼくは失礼する。キミたち離してくれないか」

こうなれば無視して逃げ出すしかないと判断した凌は、四肢に乗っている女の子たちを振り払おうと力を入れた。

それを四人の女の子たちは必死に押さえつけてくる。

「この期《ご》に及んで逃げ出そうだなんて、男らしくありませんわね」

友梨佳はずいっと右足を踏み出し、凌の股間を踏んだのだ。

白いソックスの履かれた足で、ズボン越しに男の急所をグリグリと踏みにじられる。

「くっ」

痛くはなかったが、男としての屈辱体験であることには違いない。

女の子には紳士的にふるまおうと心がけている凌も、思わず怒声をあげそうになった。

しかし、その前に思わぬものを見て動揺してしまう。

すなわち、スカートをはいている女の子を下から見あげるという構図だったのだ。

その状態で大きく足を踏み出したものだから、クリーム色の厚手のスカートがめくれて、太腿のかなりの深いところまで見えてしまった。

紫色のショーツを確認してしまった凌は、慌てて視線を逸らす。そして、なんとか注意を喚起する。

「キミ、そんなことをすると、その……見えちゃうよ」

「なんですか？」

凌の泳ぐ視線を不審に思ったのだろう。友梨佳は考える表情になり、次の瞬間、慌てて両手でスカートを押さえて跳び退《の》いた。

「どこを見ているんですか？　いやらしい！」

「スケベ！」

「信じられせませんわ。これだから男は！」

友梨佳だけではなく、四方の女の子たちからもいっせいに非難された。

「すいません……」

その剣幕に負けて謝罪してしまった凌であったが、この状況でなぜ自分は謝らねばならないのか、と少しばかり理不尽な気分になる。

気を取り直した友梨佳はあきれ顔で肩を竦《すく》めた。

「まったく、美咲の貞操を奪ったうえに、あたくしのスカートの中まで覗くなんて、どこまで破廉恥な男なのかしら？　やはり、美咲にはふさわしくないわ」

「いや、キミがそんなところに立って、あんなことをするのが悪いんだろ！」

動揺して叫ぶ凌に、友梨佳は蔑みの表情で応じる。

「そうかしら？　男はみんな女子高生のスカートの中を見たいものだと聞きますわ

よ」

「……」

とっさに否定するのが難しい問いである。

逡巡《しゅんじゅん》する凌の顔を見て、友梨佳の顔に嘲笑が浮かぶ。

「うふふ、そんなにスカートの中が見たいのか？」

「いや、別に……」

凌は全力で首を横にふるったが、信じてもらえなかったようだ。

「そんなに見たいのなら、見せてあげてもいいわよ。ほら、こんなふうに」

蔑みの笑みを浮かべたまま友梨佳は、両手でスカートの半ばを摑むと裾をたくしあげた。

細く長い二本の脚。その交わるところに、紫色のセクシーなパンティが見えた。

「まぁ、正木お姉さまったら大胆♪」

冠城が感嘆の声をあげる。

「っ!? な、なにを考えているんだキミは？」

ぎょっとした凌は、思わず見入りそうになったが、慌てて顔を背ける。しかし、横目でチラチラと見てしまう。

友梨佳の着用している下着はアダルトすぎて、名門女子高の生徒が着用している下着とは思えない。しかし、色っぽい下着であることはたしかであり、着用者が美人なだけに男の視線を吸い寄せるのだ。

そんな凌の反応を楽しみながら、セーラー服のスカートをめくっている友梨佳は楽しげに嘲笑してくる。

「あはは、男って、ほんと汚らわしい。女ならだれでもいいのね。これが美咲の彼氏だなんてやっぱり認められないわね」

「はい。男など汚らわしいですわ。この世でもっとも尊いのは、女同士の愛。男なんて子供を作るための種馬としての存在意義しかありません」

冠城が大真面目で返事をする。

「わたしもそう思います」

他の女の子たちも追従する。

(いや、それはなんかおかしい気がするんだが……)

凌の違和感をよそに、名門の女子高のお嬢様たちは暴走する。

「あたくしは美咲のことが本当に好きだったんだ。それなのに、貴様のような男に先を越されるなど、本当に腹が立って仕方がない。この憤懣《ふんまん》やるかたない気持ち、どうしてくれよう」

「ああ、正木お姉さま、わたくしもまったく同じ気持ちですわ」

友梨佳の嘆きに、冠城たちは全力で賛同している。

ふいに友梨佳は指を鳴らした。

「そうだ。いいことを思いついた」

友梨佳は、両手をスカートの中に入れると、紫色のセクシーパンティをするすると脱いだ。

「いっ」

凌は目を剝く。

ノーパンになった友梨佳は、歩を進め、凌の顔の左右に足を置いた。そして、スカートをたくしあげる。

当然、黒いつややかな陰毛に覆われた陰阜《いんぷ》があらわとなった。

「ま、正木お姉さま」

周囲の少女たちが驚愕している。

当然、下から見あげているかたちの凌も絶句した。そして、喘ぐように質問する。

「キミは、その……恥ずかしくないのか？」

友梨佳はわざとらしく小首を傾《かし》げる。

「恥ずかしい？　貴様は、犬に裸を見られて恥ずかしいのか？」

「え？」

戸惑う凌をよそに、友梨佳は自らの裸体を誇示するように、右手を腰にかけたモデル立ちになる。

「あたくしたちにとって、男など犬、いや、犬以下。虫けら同然の存在にすぎないということだ」

「さすが正木お姉さまですわ」

冠城たちは手を組んで、感動の声をあげている。

凌の顔の上で、友梨佳は自らの肉裂に左右に、人差し指をかけて開いた。

くぱっと薔薇色の秘肉があらわとなる。

陰核はもちろん、ぽっかりと開いた膣孔が見える。

ぷっくり土手高な恥丘越しに見下ろす覗く友梨佳の顔が、さすがに紅潮していた。

「あたくしの愛しい美咲の純潔を奪った貴様には、こうでもしないと腹の虫が収まらない」

友梨佳の下腹部がヒクヒクと前後したかと思うと、次の瞬間、陰唇の中央から少し前の部分から飛沫が噴き出した。

(えっ⁉)

凌が呆然としているうちに、顔に熱い液体が降ってくる。

(こ、これはおしっこ⁉)

呆然としているうちに、友梨佳の立ちションは終わった。

「……ふぅ」

静寂のなか、友梨佳の満足げな吐息が響いた。

ややあって冠城たちが感嘆の声をあげる。

「さすが正木お姉さま、わたくしたちのできないことを颯爽とやってのける。惚れなおしますわ」

頬を紅潮させた友梨佳は得意になって応じた。

「ついでだから、あたくしのおしっこまみれの汚いオマ×コ、舐めて綺麗にしなさい。男って好きなんでしょ? オマ×コを舐めるの」

そういって友梨佳は、腰を下ろしてきた。

おしっこ塗《まみ》れの凌の顔を跨いだ状態で、蹲踞《そんきょ》の姿勢になる。いわゆる和風便器に跨ったような姿勢だ。

そして、雫の滴る陰唇を、凌の顔面に押しつけてきた。

「うっぷ」

鼻と口を、おしっこ臭と処女臭の香る媚肉で塞がれた凌は、反射的に舌を出して舐めてしまった。

好きでもなんでもない女性とはいえ、目の前に美人の女性器が来たら、とりあえず舐めてしまうのは、思春期の男の子の本能的な行動であろう。

ゾクッと震えた友梨佳は、顔を紅潮させながらも蔑みの眼差しで、股下の男を見下ろしてくる。

「あん、そう、素直じゃない。やっぱり男なんて女ならだれでもいい生き物なのね。美咲は騙されているんだわ。あん、もしそこに歯を立てたら、酷いわよ。わかっているわね」

女の陰阜で窒息死させられてはかなわないので、凌は無心に舌を動かした。

ピチャピチャピチャピチャ……

「あ、ああ、さすがに男は舌が大きくて、力強い。ああん、そこ」

どんなに男を小ばかにしていても、陰唇を舐められるのは気持ちいいのだろう。友梨佳は身悶える。

「正木お姉さま、そのままでは制服が汚れてしまいます」

いつの間にか四方の少女たちは、制服を脱ぎ棄てて、素っ裸になっていた。

「いいわよ、小猫ちゃんたち来なさい。真の愛が、いかに美しいものか、野蛮な男に見せつけてやりましょう」

「はい」

四人は友梨佳のセーラー服の上着を腹部からたくしあげる。中から紫色のブラジャーに包まれた上体があらわとなった。

さらにスカートを頭から抜き取り、ブラジャーを外す。

鍛え抜かれた体は、純を思い出すが、純に比べて脂肪が圧倒的に少ない。すなわち、胸のサイズは平均以下である。しかし、鍛え抜かれたスレンダーな体軀《たいく》はこれはこれで美しい。乳房も決してないわけではない。

二人の少女が、友梨佳の乳房をそれぞれ手に取って乳首に吸いつく。さらに友梨佳は二人の少女の肩を抱いて、交互に接吻をしている。

(え、えぇぇぇ⁉)

凌に顔面騎乗している友梨佳を中心とした集団レズプレイが始まった。

(お、女同士でキスしているよ⁉)

どうやら、この五人はこうやって日常的に、集団レズプレイを楽しんでいるらしい。

実に手慣れたものだ。

とはいえ、彼女たちも男の視線を意識しているのではないだろうか。全身の肌が高揚してぬめるような汗が噴き出している。

五人の重みを全身に感じるが、先ほどよりも手足の自由は利くようになった。いまならば、逃げようと思えば逃げられるのではないだろうか。

しかし、この淫らで異常な空間から逃げ出すことなど、凡庸な男にできるはずがなかった。

凌は夢中になって舌を動かしていると、スポンと穴に舌が入ってしまう。

「はうぅ」

友梨佳がビクンと体をのけ反らせる。

凌の舌が膣孔に入ってしまったのだ。

(あ、この舌先に感じる感触。処女膜だな)

レズのタチ役の女でも、処女膜はきっちりあるものらしい。

興奮した凌は、舌先を逸物に見立てて膣孔を出し入れさせてしまった。

「ああん」

凜々しい友梨佳らしくない甘い嬌声があがった。

「正木お姉さま大丈夫ですか？」

「その野蛮人、なにか不埒《ふらち》なことでも」

ネコ役の少女たちが、お姉さまの身を案じる。

顔を紅潮させた友梨佳は首を横にふった。

「だ、大丈夫よ。でも、やっぱり、男の舌って女と全然違うわ。これはこれで悪くないというか……」

「そうなのですか？」

女同士の愛こそ真実の愛と公言していながらも、どの女の子も興味津々といった顔だ。

「でも、もちろん、かわいい子猫ちゃんたちの舌で舐められるほうが、気持ちいいわよ」

そうニッコリと爽やかに笑った友梨佳は、両手で左右の女の子の股間をまさぐる。

「あん、正木お姉さまぁ〜ん」

女同士何度もこうやって遊んでいるのだろう。互いの性感帯は把握しきっているようで、女の子たちは手慣れた様子で嬌声を張りあげている。

自分が舐めるよりも、女の子が舐めたほうが気持ちいいなどと言われると、男としての沽券《こけん》にかかわる気がした凌は、友梨佳の陰唇に吸いつきつつ、舌の動きを激しくした。

「くぅ、やっぱり、違う。そんな激しくかき混ぜられたら、ああ～ん」

四方から愛する小猫ちゃんに抱きつかれながら、男にクンニされていた友梨佳は、眉根を寄せてのけ反った。

ビクビクビク……。

淫汗に濡れ輝いたスレンダーな体が激しく痙攣する。

そして、倒れそうになるのを四方の女の子たちは心得たもので支えていた。

「正木お姉さま、大丈夫ですか？」

気遣う冠城に、友梨佳は茫洋とした目を向ける。

「ええ、美咲の操を奪った男に、おしっこを飲ませたのだと思うと少しすっとしたわ。美咲に舐めてもらえないのが残念なんだけど」

「そうですわね。清水お姉さまと真実の愛を楽しみたかった。ああ、清水のお姉さまのおしっこでしたら、わたくし喜んで飲みますのに……。あ、もちろん、正木のお姉さまのおしっこもいつも美味しくいただいていますわ」

「まったく、浮気性な小猫ちゃんだ」

凌の上で五人の少女はイチャイチャと戯れる。

「それにしても……」

友梨佳は視線を背後に向けた。

「男というのは本当に浅ましいな。美咲という最高の恋人がいるのに……」

少女たちの軽蔑した視線の先では、凌はズボンの前を突き破らんばかりにテントを張ってしまっている。

「しょうがないだろ。この状況なんだから！」

凌は自棄《やけ》を起こして叫ぶ。

冠城が鼻で笑う。

「ふん、清水お姉さまの彼氏でありながら、わたくしたちの行為を見て興奮するだなんて、とんだ駄犬ね」

「うふふ、そうだな。しかし、どうせだから、見せてもらいましょうか？　美咲の純潔を奪った凶器を」

「まぁ――」

友梨佳の宣言に、周りの女の子たちも好奇心いっぱいに瞳を輝かせている。

「あ、ちょ、ちょっと、なにを……」

凌の抵抗はむなしく、ズボンのベルトが解かれ、チャックを下ろされ、さらに下着を奪われた。

ブルンッと擬音が聞こえそうな勢いで、逸物は跳ねあがる。

その光景を五人の少女は、好奇心いっぱいに見下ろす。

「み、醜い……ですわ」

冠城の感想に、残りの四人も頷く。

「これが男どもの自慢するおち×ちんというものか?」

女の子たちは興味津々といった顔で、逸物を覗き込んでくる。

こういうところは名門女子高のお嬢様だろうと、普通の共学に通う女の子だろうと、男を知らない処女ならではなのだろう。同じ反応だ。

しばし魅せられていた冠城が、我に返ると必死に蔑む表情を作って鼻で笑う。

「ふ、ふん、こんなもの、単にクリトリスを醜く大きくしただけのものにすぎませんわ」

しかし、他の女の子たちは追従することなく、それぞれ好奇心いっぱいに逸物を矯《た》めつ眇《すが》めつ覗き込む。

「なんですの。この醜く節くれだった棒は」

「この皺皺の袋が陰嚢というものですのね。うわ、毛も生えていて、気持ち悪いですわ」

「あら、保健体育の授業のとおり、本当に中にそれぞれ玉がありますわね」

名門女子高の美少女たちは、好奇心いっぱいに肉袋を突っつき回す。

凌としては屈辱体験ではあるのだが、妙な喜びもある。

やがて慣れてきたらしい女の子たちは、肉棒を手に取るとシコシコとしごきはじめた。

「こんな大きくて醜いものを、女のあそこにいれるだなんてもはや犯罪ね。あそこが裂けてしまいますわ」

「このような汚らわしい肉棒で、清水お姉さまを辱めるだなんて、まさに神をも恐れぬ所業。万死に値しますわ」

「天罰が必要ですわね。もぐべきですわ」

敢然と宣言した冠城は、本当にもげないものかと確かめるように肉棒を引っ張ったものだから、凌は戦慄する。

「ちょ、ちょっとそれはやめて」

「ふん、だらしない」

冠城は勝ち誇った表情で、逸物から手を離した。

そんななか、独りの少女が、しきりに逸物の裏側を覗いて首を傾げている。そして、不思議そうに呟いた。

「ところで、これがおち×ちん、下にあるのが陰囊。さらに下にある穴が肛門ですわよね。やおい穴はどこかしら？」

「そんなものはない！」

思わず凌は叫んでしまった。

ちなみに「やおい穴」とは腐女子の空想の産物である。男同士が恋愛するときに、おち×ちんを入れる穴があるというロマンを一部の女子は信じている……らしい。

信じられない話を聞いたというように、女の子は涙目になって凌の顔を見てくる。

「いや、そんな顔されても、ないものはないから」

おそらく彼女としても、薄々ないことは知っていたのではないだろうか。

ただ、子供がサンタクロースなんていないことを薄々感づいていても、心のどこかでいてほしいと思っていたように、真実を知ってショックを受けているようだ。

純真な乙女たちの夢を壊してしまったことに、凌は胸の痛みを覚えた。

友梨佳が気を取り直したように質問してきた。

「美咲は、これを入れられたとき、どんな様子だったの」

「どんなようすって言われても……」

それを答えるのは、美咲に対して失礼だと思い、凌は押し黙る。

しかし、そんな逃げを女の子たちは許すつもりはないようだった。

「白状なさい」

「言わないと本当にもぎますわよ。これ」

そういって左右の睾丸をそれぞれ、別の女の子に摘まれた。

「あ、ちょっと、それは……言います。言いますから、そこを引っ張るのはやめて！」

睾丸を引っ張られたからといって、痛いというわけではないのだが、男にとって一番敏感な器官である。

言いようのない不安に襲われた凌は、女子たちの拷問に屈した。

「そ、その……痛がっていた」

冠城はわが意を得たりといいたげな顔で叫ぶ。

「やっぱり！　清水お姉さまを傷つけたのね。死刑だわ」

「いやいやいや、喜んでた。そりゃ、処女だったから最初は痛がっていたけど、だんだん慣れてきたら、すっごく喜んでいた」

凌の必死の訴えに、冠城は軽蔑した視線を送る。

「ウソをおっしゃい」

「本当だって。セックスは気持ちいいからするんだし……」

凌の答えに、女の子たちは顔を見合わせる。

「気持ちいいの。あの美咲さまが喜ぶくらいに」

「うんうん」

「このおち×ちんを入れるのは、あの美咲さまでも我慢できないくらい、気持ちいい体験なのね」

裸の女の子たちは、みな自らの股間を両手で抑えていた。

クチユクチュ……という卑猥な水音が聞こえてくる。

どうやら、五人ともこの状況に興奮しているようだ。

やがてだれともなく生唾を飲んで呟いた。

「ごくり、美咲さまが賞味された肉棒、わたくしも味わってみたいかも」

「いま、このおち×ちんにやられれば、わたしと美咲さまは姉妹ということに、はぁ、はぁ」

「そうね。毒を食らわば皿までといいますし」

「わたし、女子高だから男と付き合うのはあきらめていたんだけど、こういうチャンスがあるのなら」

「男は嫌いだけど、食わず嫌いはいけないわよね。一度ぐらいは試してみるのも悪くないわ」

不穏な空気を察した凌は、必死に訴える。

「き、キミたち、ちょ、ちょっと、お、落ち着け、落ち着こう」

友梨佳が一喝した。

「うるさいわね。男なんて女ならだれでもいいんでしょ。女とできるのだから、あなたには不満はないはずよ」

「いや、そういう問題じゃないでしょ」

「なにが問題なのよ。あたくしたちの容姿？　そりゃ美咲には及ばないかもしれないけど、あたくしたちだってそれなりにイケていると思っているんだけど……。貴様、あたくしたちとやるのが不満なのか？」

剣呑な表情をたたえた友梨佳は、率先して凌の腰を跨《またが》ると、蹲踞の姿勢となる。そして、右手で肉棒を持ち、自らの膣孔に添えた。

亀頭部が膣孔を押し開き、切っ先に柔らかい膜を感じる。

「正木お姉さま、本当にやられるのですか？」

冠城が戦慄した表情で質問する。

「ええ、邪魔くさい処女膜を破ってしまいたいと以前から思っていたの。なくなればあなたたちとさらに楽しめるでしょ」

「それだけは、それだけは許して！」

凌の悲鳴がかえって、引き金になってしまったようだ。

「いくよ。バイバイ、あたしのヴァージン」

頰に冷汗を流しながらも勇ましく宣言した友梨佳は、M字開脚で勢いよく腰を落とす。

ズボリ！

亀頭部が一気に入った。

そして、柔らかい膜がゴムのように伸びてからのたしかな破砕感覚。

(あ、本当に処女膜を破った)

処女膜を破れば、いつものように道なりである。一気に根元まで吞み込まれた。

「ぐっ」

顔をしかめた友梨佳は、凌の腰の上に座り込む。

(し、締まる)

破瓜のときならではの強烈な締めつけだ。

修学旅行が始まってからというもの、毎日、だれかしらの処女を割ってきた凌である。驚きはしない。

男の腰の上に座り込んだ友梨佳の顔は、真っ赤になっている。いや、全身が紅潮していた。

きつく閉じられた友梨佳の左右の目元から、ツーと一筋の涙が流れ落ちる。

「正木お姉さま、大丈夫ですか?」

冠城が、おそるおそる友梨佳を気遣う。

瞼を開いた友梨佳は、潤んだ瞳でなんとか応じる。

「い、痛い……けど、美咲も、この痛みに耐えたのだと思うと、悪くない気分……よ」

タチとしての矜持《きょうじ》だろうか。破瓜の痛みに顔を強張《こわば》らせながらも、友梨佳はなんとか平静さを装ってみせる。

それから凌の顔を、蔑みの表情で見下ろしてきた。

「嫌がっていたわりには嬉しそうな顔ね。好きでもない女に無理やりおち×ちんを食われたというのに。そんなに気持ちいいものなの？　おち×ちんをオマ×コに包まれるのって」

「そ、それは……気持ちいい」

ウソをつけずに、凌は素直に認めた。

正直、何人目の処女膜を破ったかわからないほどだが、何度やっても気持ちいい。

「ふ〜ん」

小ばかにした表情を浮かべながらも、友梨佳は満足そうな笑みを浮かべた。

レズといえども、自分の膣洞が気持ちいいと言われるのは悪い気はしないのだろう。

（ああ、美人だけど、好きでもなんでもない、というかほとんど知らない女の子なのに、強チンされて気持ちいいだなんて、ぼくってやつは……ぼくってやつは……）

いままでやってきた女の子は、なんだかんだいって顔見知りであり、心の交流もあった。

しかるに、この正木友梨佳という少女のことを、凌はほとんどなにも知らない。それなのにエッチをしているのだ。

「あはは、あたくし、美咲の男を寝取っちゃったのね。ねぇ、美咲とあたくしのオマ×コ、どっちが気持ちいい？」

「そ、それは……」

美咲と答えたかった。しかし、いくら強引とはいえ、現在繋がっている女性の性器が劣るとは、男として言ってはいけない行為に思える。

凌は必死に言葉を選んだ。

「もちろん、どちらも気持ちいいですよ。オマ×コに優劣はありません。巨乳だろうと微乳だろうと男にとって魅力的なように、オマ×コはみんな魅力的なんです」

「うふふ、上手《うま》く逃げたわね。ドスケベな男らしい感想だわ。なんとなく美咲があんたに惚れた気持ちがわかった気がする」

なぜか一人納得した友梨佳は、凌の腹部に両手を置いた。

「こ、このまま動けばいいのだな」

友梨佳はゆっくりと腰を持ちあげた。

ズブズブズブ……

女の内臓部を吐き出しながら、肉棒が抜けてくる。

「はぁん、捲れる。オマ×コ、捲れて裏返っちゃう」

レズたちの男役として君臨していた凜々《りり》しく格好いい女が、なんとも情けない表情で、世にも情けない声を出す。

見かねた凌がアドバイスしてやる。

「無理して上下に動くことはないよ。前後に振るだけで充分に気持ちよくなれる」

「こ、こう……」

友梨佳は素直に、細い腰を前後に動かした。

「あ、これ、いいかも……」

友梨佳は安堵した表情になる。

さらに凌は提案した。

「あの……おっぱい触っていい？」

「それは……」

友梨佳は困惑した表情になる。

「多少は破瓜の痛みを楽にできると思うよ。そりゃ、ぼくはきみのことをぜんぜん知らないけど、もうこうやって繋がってしまったんだ。他人とは言えない。せっかくなにかの縁でこうやってつながったんだから、エッチした女性には気持ちよくなってもらいたいんだ」

「そ、それじゃ……お願い」

友梨佳は妙にしおらしく応じた。そこで凌は両手を伸ばして、その小ぶりの乳房に触れた。

（おお、小さいけど柔らかいな）

女性の乳房には男を幸せにする不可視なガスでも詰まっているのだろうか。好きでもなんでもない女の子の乳房を夢中になって揉みしだいた。

そして、シコリ勃った小粒の乳首をしごいてやる。

「ああん、そこ〜〜〜♪」

両の胸を男に揉まれた友梨佳は、驚いた表情になる。

「なにこれ？　おち×ちんを入れた状態で、おっぱいを触られると、感覚が全然違う。男って、女とぜんぜん違う……。でも、いい、この感じ、初めて……お、おち×ちん、すごい！」

凛々しく格好よかった女の目が蕩け、恍惚とした表情で正体を失くして喘いでいる。

「すごい、正木お姉さまが、あんなに気持ちよさそうにするなんて……」

周囲で興味津々で観察していた冠城をはじめとした四人の女の子たちは、夢中になって自らの乳房や股間をまさぐっている。

(ああ、どの女の子も美人でかわいい。この子たちのオマ×コも気持ちいいんだろうな)

そう考えた瞬間たまらなくなってしまった。

「ひぃ、おち×ちんが急に大きくなってビクンビクンしている」

友梨佳が世にも情けない悲鳴をあげて、ビクンビクンと肢体を痙攣させる。

女性は膣内に呑み込んだ男根のちょっとした変化がわかってしまう生き物らしい。

(さすがに膣内射精をするのは拙《まず》いよな)

この状況である。貞操を奪われたのは仕方ないが、膣内射精するのだけは、自分の愛した女にだけしたい。

(山田さん、加賀谷さん、遠藤さん、楠さん、寺田さん、伊東さん、二見高校の女子みんな、そして、清水さんのためにも膣内射精だけはしてはダメだ)

凌は必死に射精欲求に耐えた。しかし、心の決意とは裏腹に、肉棒は美しい少女の中で射精をしたがる。

「くっ、もう出る」

断末魔の呻きとともに、凌は射精していた。

ドビュッ！　ドビュッ！　ドビュッ！

「入ってくる！　ビュービュー入ってくる。熱い、熱いの……気持ちいい。こんなの……初めて」

凌が射精を終えたとき、友梨佳は遠い目をしていた。

「はぁ〜、これが男……あたくし、もうダメぇ〜〜〜」

友梨佳は前のめりにバタリと倒れた。

ジュボッと逸物が抜ける。

友梨佳は両腕と顔は畳につけ、膝立ちになり、尻だけは高く翳した姿勢となった。

白い太腿を赤い血が一筋、ツーと伝わった。

次いで一度は閉じた膣孔が内圧に負けて、再び開く。

ドプッと濃厚な白濁液が噴き出して、細い太腿を汚していく。

その光景を見守る周りでオナニーしていた女子たちは、呆然とした表情で息を飲む。

「あの正木お姉さまがこんなふうになるだなんて……」

ゴクリと生唾を飲んだ女の子たちは、互いの顔を見渡す。

「次はわたくしも美咲さまと姉妹になりますわ。いまなら正木さまとも本当の姉妹になれますし」

「せっかくですから、わたくしもやりますわ。みんな仲よく本当の姉妹になりましょう」

盛りあがる少女たちに向かって、凌は悲鳴をあげた。

「いや、無理、ぼくいま出したから、ほらおち×ちん小さくなっている」

「男子高生は、何発だってできると聞きますわ。もし勃たないというのでしたら、顔に座って、オマ×コを舐めさせてあげますわ。そうすればすぐに元どおりになるのでしょ」

「そうですね。男なんて所詮、淫獣ですし。すぐに大きくなりますわ」

こうして残り四人の女子高生たちも、次々と凌の上に乗って逆レイプしてきた。つまり、凌は逆輪姦されてしまったのだ。しかも、全員処女の美少女たちによって。

(どの女の子のオマ×コも、マジで気持ちいい。ぼくってやつは……ぼくってやつは……)

名門女子高の美少女たちに逆輪姦される。これは淫夢なのか、悪夢なのか、凌には判断できなかった。

とにかくあまりの気持ちよさに、すべての女の子の体内で射精してしまう。

＊

「はぁ……はぁ……はぁ……」

女の子たちの荒い吐息の聞こえる室内。事が終わったことを察した凌は、恐るおそる身を起こす。

あたりには五人の少女がまるで遺体のように転がっていた。

いずれも大股開きで、股間からは赤い血の混じった白濁液を垂れ流している。

「まったく……無茶するから。大丈夫？」

見かねた凌は、部屋に備えられていたティッシュをとると、彼女たちの股間を拭《ぬぐ》ってあげる。

「あ、ありがとう……」

あれだけ強気であった友梨佳が、ばつが悪そうに応じる。

「それじゃ、ぼく帰るから。まだ当分痛いと思うけど、お大事に」

出ていこうとする凌を、冠城が止めた。

「あ、待って。その恰好のままじゃ」

「あ、ああ、これね」

凌の制服は、彼女たちのまき散らしたさまざまな液体で汚れてしまっている。

「洗濯してあげる」

「……それじゃお願い」

凌の制服を五人の裸の少女はいそいそと脱がす。

そして、たちまちパリッと糊の効いた状態にしてしまった。

さすがは良妻賢母を育てる学校の生徒たちといったところだろう。

「ありがとう」

五人の少女たちに制服を着せてもらった凌が部屋を出ていったあと、頬を染めた冠城がぼそりと呟く。

「美咲姉さまは正しかったですわ……。女同士よりも、男とやったほうが何倍も気持ちいい」

「賛成だ。女はおち×ちんには勝てない」

友梨佳の言葉に、他の女の子たちも頷く。

名門女子高の生徒会メンバーは、同性愛からの卒業を予感した。

第六章　ハーレムエッチな修学旅行

「今日で修学旅行も最後だね」

修学旅行の最終日の朝、小林凌はいつものようにホテルの食堂でビュッフェ形式の食事をとる。

その周りを、生徒会のメンバーを中心とした女子たちが囲むのはここ六日間の定番の光景だ。

「昼ごはんを食べてバスに乗って、ひと眠りすればお家かぁ」

凌の前に陣取った山田あかりが、木製のホークでナポリタンを頬張りながら元気よく応じる。

右斜め向かいの加賀谷実和子は、ホットケーキを切り分け口に運びながら感慨深く頷く。

「長いようで短い。楽しい修学旅行だったね」

「でも、確実に成長した」

京野菜の漬物を箸で摘まみながら放った遠藤花音の一言に、息を飲んだ女の子たちは互いの顔を見て意味ありげに笑いあう。

「だね」

凌の右隣でクロワッサンを食べていた楠良子が質問してくる。

「今日は、昼食を終えてバスに乗るまでは自由時間ですが、なにか予定はありますか？」

「う〜む。さて、なにをしてすごそう。まぁ、帰り支度をして、時間が余ったら売店で適当なお土産を物色しようかな」

「観光に出るには時間が足りませんもんね。もし迷子になってバスの出発時間に遅れたら大問題ですね」

ダシ巻き卵をおいしそうに食べていた寺田詩織の意見にみんな同意する。

「んっ」

白いご飯に牛若納豆をかけて豪快にかき込んでいた伊東純が不意に、食堂の出入り口に目をやって表情を険しくした。

ちょうど聖母学園の生徒たちも食堂にやってきたのだ。

どうも昨日のことで因縁を感じているらしい。

生徒会長である清水美咲もまた、副生徒会長の正木友梨佳を筆頭に、冠城たち生徒会のメンバーを引きつれて入室してきた。

「あら」

凌の姿を見とがめた美咲は、まっすぐに近づいてくる。

「ごきげんよう」

「おはよう」

凌は立ちあがって一礼した。

「正木さんたちもおはよう」

凌が声をかけると、友梨佳をはじめとした生徒会メンバーは頬を染めて、スカートの上から股間のあたりを押さえながら、凌の顔をまともに見られないといったようすで、視線をそらしながら応じた。

「お、おはよう……」

「？」

友人たちの態度に美咲は軽く不思議そうな顔をしたが、特に追及することなく、颯爽と踵《きびす》を返して、空いているテーブルについた。

その後、食事が終わり、各自いったん部屋に戻る。凌が食堂を出ようとしたときたまたま近くを友梨佳が歩いていた。

その足取りがなんともおぼつかなく感じた凌は、後ろからそっと耳元で囁く。

「歩き方変だけど、やっぱり痛むの？」

「ひぃ!?」

意味不明の悲鳴をあげた友梨佳は、飛び跳ねるようにのけ反った。

そのあまりの反応に、凌は驚く。

「だ、大丈夫？」

「へ、平気だから、昨日はごめんなさい」

昨日までの凛々《りり》しさなどまるでない。顔を真っ赤にした友梨佳は、おどおどとした仕草で逃げるようにして立ち去っていった。

（う〜む、なんかぼくが悪いことをしてしまったみたいだ）

周囲の奇異な姿勢を感じた凌は、居心地の悪さを感じて頬をかく。

＊

「さて、出発まであと三時間か？　まぁ、しかたない。生徒会長らしくみんなが忘れ物をしないように見て回るか」

男子部屋にて帰り支度をすべて終えた凌は、所在なくホテルの廊下に出た。

同室の男子たちと無駄話をして無為に時間を潰すこともできたのだが、女子との関係を根掘り葉掘り聞かれたのでは、ボロを出してしまいそうだと不安になったのだ。

逃げる意味もあって、生徒会長としての義務感を持ち出したのである。

実際、もうすぐ自宅に帰れるという安堵感から、生徒たちはみな浮ついていた。

凌というよりも、生徒会長という肩書の付いた者の姿を見れば、みな自重してくれるだろう。

適当にホテル内を歩いていると、渡り廊下で美咲と出くわした。

「あら、小林くん、独りなんて珍しいわね。いつも女の子を侍《はべ》らせているのに」

「侍らせているって人聞きが悪いな。たまたま女の子といるところを清水さんに見られているだけだよ」

凌の慌てた言い訳に、美咲は意味ありげに微笑する。

まさか、昨日、美咲の友だちたちとやってしまったことを察せられているとは思わないが、いささか慌てた凌は反撃を試みた。

「ぼくなんかよりも、清水さんのほうが独りでいるの珍しくない？」

「そうね。正木たち、昨日からなんかおかしくて」

「そ、そうか……」

美咲の友人たちの様子がおかしくなった原因に心当たりのある凌は、冷や汗をかきながら言葉を濁す。

「清水さんたちも今日、帰るんだっけ？」

「ええ、そうよ。昼ごはんを食べてから出発。小林くんたちも同じ？」

凌が肯定すると、美咲は左腕に巻いた銀の時計を確認する。

「そう、なら小林くん、いま時間あるの？」

「ええ、もう帰り支度は終わって、あとはなにをしようかとふらふらしていたところだよ」

「なら、あと二時間以上は自由になるわね。ちょうどよかったわ。こっちにきて」

美咲は手を引いて、歩きだした。たどり着いたのは五階の一室だ。

凌を室内に招き入れた美咲は扉の鍵を閉める。

「ここが清水さんの部屋?」

昨日、正木たちに連れ込まれたのとは違う部屋だ。

「ええ、ここならだれにも邪魔されないわ」

意味ありげに笑った美咲は、凌の背を壁に押しつけるようにして間合いを詰めると、目を閉じて唇を近づけてきた。

「っ!?」

美咲の意図を察した凌もまた、目を閉じて顔を近づける。

二人の唇が重なった。

「ん、うん、うむ……」

美咲は口を開き、舌を使って凌の唇を割ってきたので、それに応えて口唇を開く。

そして、流されるままに舌を絡める。

男女の唾液が混じり合い、美咲の口角からあふれて細い顎を濡らした。

さらに美咲の右手が、凌のズボンの股間に添えられたと思うと、肉棒の存在を確かめるように撫で回してくる。

(っ!?)

美咲の積極さに、凌は驚いた。

しかし、それなら負けてはいられない。凌もまた右手を下ろすと、美咲のスカートの中に入れた。そして、ショーツの上から股間を押さえる。

つるつるの絹のような生地越しに女性器を前後にこすった。

薄い布越しに女性器の様子が手に取るようにわかる。

「ふうん……」

舌を絡めたまま美咲の鼻が鳴る。さらに興奮した美咲が、おぼつかない手つきながら凌のズボンのベルトを外した。そして、下着を下ろしてくる。

当然のようにビヨンと逸物が跳ねあがった。

その肉幹を美咲は右手で摑んでくる。そして、前後にしごいてきた。

(清水さん、さすがに頭いいな。もうおち×ちんの扱い方を把握してしまった感じだ。

よし、ぼくも負けていられない)

凌もまた、ショーツの腹部から手を入れた。中はすでにしとどに濡れている。

つややかな陰毛をかきむしりながら陰唇の入口を指で捕らえた。

「ん、んん、うん……」

美咲は夢中になって舌を吸いながら、手にした肉棒をしごいてくる。

凌もまた右手の人差し指と中指と薬指で陰唇を塞ぎ、前後に激しく動かした。

クチュリ……。

不意に中指が膣孔に入った。

もう邪魔な処女膜がないので、第二関節までヌルリと入る。

（うわ、清水さんのオマ×コが、ぼくの指をきゅっと締めてくる。この中におち×ちん入れると気持ちいいんだよなぁ）

二日前の感触を思い出した凌は、指を逸物に見立てて、膣孔を出し入れしてやる。

クチュクチュクチュ……。

「ふぅ」

凌と濃厚なキスをしながら、美咲は目を開いた。頬が赤く染まっている。

（うわ、清水さん気持ちよさそう）

どんな女性にでも性欲はあるのだ、ということをこの修学旅行の間に、凌は学習していた。

たとえ美咲のような絶世の美少女でも例外ではない。

男と接吻しながら性器を弄《いじ》っていれば興奮するし、指マンされれば感じてしまうのだ。

手のひらにシコリを感じた凌は、それが美咲の突起したクリトリスだとわかった。

そこで中指を膣孔に入れたまま、親指でクリトリスを押してやる。

「うぐ……」

逸物を握る美咲の手が強くなった。

そのまさらに二人は唇を吸い、舌を絡ませながら、ひたすらに互いの性器を弄った。

先に限界に達したのは、美咲であった。プルプルと震えている。

「ふぁ……」

軽い絶頂に達した美咲は、ようやく唇を離した。

崩れ落ちるように、凌の胸に抱きついてくる。慌てて凌は両手で腰を支えてやった。

「清水さん、大丈夫?」

「あれからわたし、小林くんのこれ? 忘れられなくなっちゃって」

頰を火照らせた美咲は、愛し気に逸物をまさぐる。

「清水さん、意外とエッチだったんですね」

凌は愛液の糸引く指を、美咲の鼻咲に翳《かざ》してやる。

酢を飲んだような表情になった美咲であったが、次の瞬間、愛液に濡れた指にしゃぶりつく。

（うわ）

美咲が、凌の指を肉棒に見立てていることは間違いない。

ジュルジュルジュル……。

やがて指についた愛液を綺麗にしゃぶりとった美咲は、挑発的な眼差しで凌の顔を見あげてくる。

「小林くんのせいよ。わたしの体、小林くんのことを思い出すだけで子宮がキュンッときて、濡れはじめるようになってしまったのだから」

「あはは、仕方ないな」

中学校時代は、まさに高嶺の花。自分には決して手の届かないと思っていた女の子が、発情しておねだりしているのだ。

凌は我慢できなくなった。

美咲の抱いたまま、男女の位置を入れ替える。

「あん」

「壁に手をついて、お尻を突き出して」

「こ、こう？」

凌に命じられるがままに美咲は壁に両手をついて、尻を突き出す。

背後にかがみ込んだ凌は、クリーム色の厚手のスカートをめくった。

細く長い脚が二本。根元まであらわとなる。そこには燦然と純白に輝くパンティが半脱ぎ状態でかかっていた。

それはぐっしょりとぬれそぼっており、中身が透けて見えてしまうほどだ。

「あはは、清水さん、まるでおしっこを漏らしたみたいにグチョグチョだ」

「ああ、は、恥ずかしい……」

誇り高い名門女学園の生徒会長は、恥辱に身悶える。

「恥ずかしがることはないさ。よく濡れるのって、いい女の条件のひとつだと思うよ。さすが美咲さんだ」

嘯《うそぶ》きながら凌は、まるでゆで卵の薄皮でも剝くかのように、パンティをめくる。

中からゆで卵もかくやといったつるつるのお尻があらわとなった。秘部を彩る陰毛はつややかで、頭髪同様に黒光りしている。

「へぇ〜、清水さんのオマ×コってこうなっていたんだ。この間は夜の野外だったからぜんぜん見えなかった」

「あん、そんなじろじろ見ないで……」

羞恥の悲鳴をあげて、美咲は尻をくねらす。

その尻朶を両手に持った凌は、左右に割った。

「あはは、清水さんの肛門の皺までよく見える。清水さんはお尻の穴まで綺麗だね」

「ああん、小林くんの意地悪」

美咲のすべてを味わいつくしたいと感じた凌は、尻の谷間に顔を突っ込む。

クンクン。

「ちょ、ちょっと……そんなところの臭いを嗅ぐだなんてっ⁉」

さすがの美咲も、羞恥の声をあげて逃げようとした。しかし、凌は許さない。

絶世の美少女の肛門を四方に押し開くように拡げたうえで、舌先を添えてしまった。

そして、皺を確認するように掃き清める。

「ああん、どこに舌を。き、汚いわ」

「清水さんに汚いところなんてないよ」

特に味はしなかった。しかし、美咲が羞恥に身悶えるのが嬉しくて、凌はぞんぶんに肛門を舐り回す。

「ああ、あん……」

壁にしがみついた美咲は、羞恥に震えながらも、口唇から酔いしれたような甘い嬌声を漏らす。

同時に赤き薔薇の如き陰唇が花開き、中から熱い蜜を滴らせる。

(うわ、清水さんのオマ×コだ)

前回は夜の野外だったから、ぜんぜん見えなかった。そのため美しすぎる女体を隅々まで観察したいという欲求にかられた凌は、膣孔に中指と人差し指を入れる。

「あん」

美咲は顎をあげてのけ反る。

クチュクチュクチュ……。

膣孔に指を二本入れて、交互に上下させると、卑猥な水音が室内に響き渡る。

ころ合いを見計らって、凌は膣に入れた二本の指をV字に開いた。

「ふぁ……」

まるで下の口と連動しているかのように、美咲は大きく口を開いてのけ反る。

その気高く美しい少女の体内に、凌は目を凝らした。

午前中ならではの澄明な陽光が、美咲の体内を照らす。

二日前、凌が処女膜を割ったため、なんら障害物もなく、奥まで見ることができた。

(へぇ〜、処女膜ないと女の子のオマ×コの中ってこうなっているんだ。あの一番奥

にある穴みたいなのが子宮口かな）

そこに精液を注ぎ込めば、この美の化身のような美咲は妊娠してしまうのだ。

（ああ、妊娠させてしまいたい。清水さんにぼくの子供を産んでもらいたい）

そんなオスとしての本能が、全身を駆け抜ける。

（もう我慢できない）

立ちあがった淩の逸物は、連日、もう出ないと悲鳴をあげたくなるほどに射精しているというのに、本日も雄々しくいきり立っている。

この美しすぎる乙女を、絶対に妊娠させると猛っているかのようだ。

「それじゃ入れるね」

「ええ、お願い。わたしを妊娠させちゃってもいいわ。小林くんの子供なら産みたいもの」

まるで内心を見抜かれたかのように感じた淩は、逆に少し冷静になれた。

「あはは、妊娠させたいけど、そこは我慢するよ」

「あは、残念。妊娠したら小林くんを独占できるのに……」

待ち焦がれるように尻をくねらせる美咲の濡れそぼる陰唇に、淩はいきり立つ逸物の切っ先を添えた。そして、ゆっくりと押し込む。

ズボッ。

「あ、ああ……いい。小林くんのおち×ちん、入ってくる。大きなおち×ちんが入ってくるの。わたしは、いえ、女はこれを我慢できないわ」

逸物を呑み込んでいく美咲は気持ちよさそうに、悩乱の声をあげた。そして、亀頭部は最深部。子宮口にぴとっと密着する。

「清水さん、大丈夫？ 痛くない？」

「ええ、今回はぜんぜん痛くない。気持ちいいわ、小林くんのおち×ちん最高よ。わたしの体の中にぴったり合うの」

「それはよかった」

前回は、凌のほうは気持ちよかったが、美咲のほうは破瓜の痛みを我慢していたのが伝わってきていたから、純粋には楽しめなかった。

しかし、今度の美咲には理不尽な痛みはなく、自分と同じように楽しめてくれているのだとわかって安堵した。

(そうとわかればもっともっと楽しんでもらいたいな)

凌は両手を、セーラー服の腹部から入れた。ブラジャーのカップをたくしあげて、乳房を手の中に包む。

(ああ、この大きすぎず小さすぎない手の中からほどよくあふれる感覚。それでいて手の中からこぼれんばかりのプッリプリの弾力。これぞ美乳だな)

大きかろうが小さかろうが、女の子の乳房は、いつ揉んでも男の心を酔わせる。

乳首がビンビンに尖っていることを察した淩は、そこを指で抓《つま》む。

「あん、おち×ちん入れられた状態で、乳首を弄られるとすごく気持ちいい♪」

「そっか、それなら、これならどう？」

淩は両の乳首をしごきながら、腰を思いきりよく前後に動かした。

パンッ！　パンッ！　パンッ！　パンッ！

女の尻と男の腰がぶつかりあう。

「ああ、すごい、すごく気持ちいい、気持ちいい、気持ちいい。体が芯から溶けちゃう。小林くんに触れられているおっぱいが熱くて、ああ、体の奥までズンズン響く♪」

壁に両手をついた美咲は、上体を潰して尻を後ろに突き出している。横から見たら「つ」の字に見えたことだろう。

(すごい、あの清水さんでもセックスの最中はこんなになっちゃうんだ)

中学生のころから怖いくらいに美しい。隙のない美人であった美咲が、いまや蟹股開きで男を迎え入れて歓喜している。

　セックスした男だけが見ることのできる女の真の姿。それを自分は見ているのだ。優越感で、快感をいや増す。

「ぼくも気持ちいいよ、清水さんのオマ×コ、最高だ」

「わ、わたし、小林くんと同じ高校に行かなくて正解だったかも。同じ高校だったら、放課後、いえ、休み時間のたびに小林くんを誘って、こうやってエッチしていそう。小林くんのおち×ちんのことしか考えられなくなっちゃう。お願いよ。修学旅行が終っても会ってね。そして、わたしを小林くんのおち×ちんでこうやってかわいがって」

「うん、こんな気持ちいいオマ×コ。忘れるなんてできないよ。また会おう。そして、いっぱいエッチしよう」

「約束よ。小林くんがわたしをこんなにエッチな女にしたんだからね。責任をとってくれないと泣くわよ。わたし、もう小林くんのおち×ちんのない生活なんて考えられない」

　二人は大いに盛りあがり、最高潮に達しようとしたときだ。

　ガラガラガラ……。

ふいに部屋の窓が開く音がした。

「っ!?」

これには凌はもちろん、美咲も驚いた。

結合したまま二人は首を向ける。

窓に向こうに立っていたのは、前髪をぱっつんと切りそろえた短髪、クリーム色のセーラー服に身を包んだ痩身で背の高い女だった。すなわち、聖母学園の副生徒会長にして美咲の親友、正木友梨佳である。

「美咲に限ってまさかとは思っていたけど、本当に真っ最中だったな」

結合したまま硬直している男女を見た友梨佳は肩を竦《すく》めた。それから窓の桟《さん》を乗り越えて入ってくる。

たまらず美咲が叫んだ。

「正木さん、あなたどうやってっ!?」

「隣の部屋からちょっと乗り越えてきた」

友梨佳はなんでもないといった様子で応じた。

さすがは空手の有段者。身体能力も胆力もある。

しかし、美咲は顔色を変えて悲鳴をあげた。

「ここ、五階よ！」

たしかに落ちたら大事故だ。状況を忘れて美咲が怒るのも無理はない。

友梨佳のほうはいっこうに悪びれるようすもなく苦笑する。

「そんなことより美咲が男を連れ込んだという情報があったから、まさかと思ったけど本当だったんだね」

「こ、これは……」

「まぁ、言い訳は必要ないよ」

たしかに名門女学校。その生徒会長たる身が、修学旅行中に他校の男子と不純異性交遊だ。

言い訳のできない現場を押さえられたわけで、言葉のでない美咲は口を閉じた。

その間に部屋を横断した友梨佳は、出入り口のカギを開け、ドアを開く。

即座に美咲の取り巻きである聖母学園の生徒会メンバーがなだれ込んできた。

先頭を切って入ってきた冠城が悲鳴をあげる。

「キャー！　清水お姉さまったら、本当に男とやっていましたのね」

「……」

壁に両手を置いて、背後から犯されている美咲の姿を、聖母学園の生徒会メンバーは瞳を輝かせて観察する。

美咲はあきらめの表情になっていた。

（これは大惨事だな）

昨日のこともある。彼女たちは嬉々として湊を告発するに違いない。

湊と美咲は、停学ぐらいは覚悟しなくてはいけないだろう。

一方で女の子たちは、壁際に立つ湊たちの周りを包囲する。

「うわ、すごい。まるでおしっこもらしたみたいに、汁が滴っている」

「清水さまって、クールなお顔と違って、下半身はだらしないタイプだったんですね」

男に犯されているさまを友人たちに環視された美咲は、開き直ったようだ。満足そうに微笑む。

「うふふ、どうやら知られてしまったみたいね。どお、わたしはご覧のとおり、男が好きなの。小林くんのおち×ちんにズボズボされるのが大好きなエッチな女なの。失望したでしょ」

「失望なんてそんな……」

名門女子高の生徒会メンバーは、意味ありげに顔を見合わせてから頷く。

冠城がニッコリと笑いながらのたまう。

「不毛地帯の女子高に在籍していながら、しっかり男の恋人を作るだなんて、さすが清水お姉さまですわ」

友梨佳がばつが悪そうに頭をかきながら答える。

「美咲、安心しろ。あんたたちの関係をチクるなんて野暮なことはしないよ。実はあたしらも……昨晩、そいつにやられた」

「っ!?」

美咲はギョッと目を剝いた。

どうやら、その可能性を、美咲はまったく考慮していなかったようだ。

慌てて背後の凌の顔を見る。

「いや、あれは無理やり……」

凌の意思でやったことではないと主張したいところだが、彼女たちの処女を破ってしまったことは事実である。

言い訳するのが難しい。

とっさに言葉が出ない凌をよそに、冠城は両手で自らの頬を押さえると、うっとりと語る。

「清水お姉さまの男がいかほどのものかわたくしたちもお裾分けしていただきましたわ」

「硬く大きな肉杭で、股を無理やり貫かれる感覚。あれこそまさに真の愛のカタチ♪」

「さすが清水さまの男、すごかったですわ。わたくし、女の喜びを知りました」

妙な盛りあがりを見せる少女たちの中で、美咲の表情は冷めていた。

「小林く〜ん、どういうことかしら？」

美咲の視線が痛い。膣孔もまるで肉棒をもぎ取らんとするかのように締めてきた。

友梨佳はニヒルに笑う。

「そう怒るなって。あたしらはその小林ってやつのことをぜんぜん知らないから、恋人になろうなんて気はさらさらない」

「そうですわ。わたくしも清水お姉さまの男を取ろうなんて気はさらさらありませんわ。ただ、そう、清水お姉さまの愛用する犬を少しお貸しいただけるだけでいいのですの」

冠城の言葉に、美咲は血相を変える。

「どういうこと？　あなたたち、女のほうがいいとか言っていなかった？」

友梨佳は、気障《きざ》ったらしく笑う。

「昨日までのあたしたちは子供でしたわ。女は男に犯されるのが一番気持ちいい。美咲の主張が正しいのだと自覚した」

「ええ、わたくしも昨日、小林さまに迷妄から覚ましていただきました。女はおち×ちんの奴隷ですわ」

冠城は両手を握りしめ、夢見るように語る。

「あ、あの君たち……なにを言っているんだ？」

戸惑う凌に、友梨佳が応じる。

「あんなすごい体験したあとでは、もう女同士では満足できない体になってしまったんだよ。その責任をとってくれ」

「ええ、オマ×コの中が、小林さんの逞しいお大事を求めてうずきますの。ですから、わたくしたちも参加させてくださいませ」

そういって、凌と美咲を囲んでいた名門女子高の生徒会メンバーは、セーラー服を脱いでしまった。

あっという間に素っ裸になってしまった五体の美少女たちは、今度は凌と美咲の服を脱がせにかかる。

それに美咲が抵抗した。

「ちょ、ちょっと、やめなさい。以前から言っているでしょ。わたしは女同士に興味はないって」

「承知しておりますわ。でも、服を着たままやったのでは、皺になったり、汚れたり後始末が大変ですわよ。脱いだほうがよろしいですわ」

執拗な同性愛の誘いに難攻不落であった美咲であったが、男に貫かれた状態では、抵抗もできなかった。

あっという間に素っ裸にされる。

「まぁ、素敵」

冠城は手を合わせて喜ぶ。

友梨佳は目を細めた。

「うふふ、美咲の裸はお風呂とかで何度か拝見したことはあるけど、今まで一番綺麗だよ。やっぱり女って男にやられているときが一番輝くものなのね」

「ああ、これが清水お姉さまのビンビンに勃起した乳首。これにしゃぶりつきたかったのですわ」

目をハート形にした冠城は、美咲の右の乳房に取りつくと、乳頭を咥えた。

「ちょ、ちょっと、わたくしは同性愛に興味はないって、いつも言っているでしょ。ひぃ」

さらに左の乳房にも、別の少女がとりつき乳首を吸いだしたから、美咲はたまらない。

「あ、これ、ダメ……気持ち……いい……ああ、女同士なんて興味ないのに……ああん」

凌に貫かれた状態で、両の乳首を弄られるのが好きだといっていた美咲である。凌に貫かれた状態で、左右の乳首を女の子たちに吸われたのではたまらないだろう。まして、少女たちは同性愛に慣れている。

美咲は半開きの唇から喘ぎ声と、涎を垂らしながら、目がイッてしまった。

当然、膣孔もキュンキュン締まってくる。

(清水さんのオマ×コ、すごい動きしている。おち×ちんを絞りあげられているみたいだ)

あまりの気持ちよさに悶絶している凌の背後からは、友梨佳が抱きついてくる。

「なぁ、二見の生徒会長。美咲とのことをチクったりしないかわりといってはなんだが、あたしたちもお仲間に入れてくれよ」

「いやでも、ぼくはキミたちのことをほとんど知らないよ」

なお躊躇《ためら》う凌に、友梨佳は苦笑する。

「わかっている。あたしだっておまえのことを知らない。しかし、美咲のことは知っている。美咲の信頼する男だ。わたしたちは美咲の信頼する男を信頼する」

「わたくしも美咲お姉さまの男にならやられたいですわ」

周りの女たちも口々に応じる。

「別に恋人にして、と言っているわけではないのよ。ただもう男の味を知ってしまった女は、元には戻れない。定期的におち×ちんを入れてくれるだけでいいの。そうしたら、あたしたちいくらでもあなたのために尽くすわよ。こんなふうに」

背中に乳房が、臀部に陰毛が押しつけられる。いや、クリトリスを押しつけられているようだ。

そして、顔を横に向けられて唇を奪われた。

「……う、うむ、うむ」

絶世の美女の膣孔に逸物を入れながら、男勝りのカッコイイ女と接吻する。

前後から挟まれた凌は、まるで体そのものが逸物となり、女体の中に入っているかのような錯覚に陥った。

さらに二人が、凌と美咲の足元に潜り込んだ。一人は美咲のクリトリスを、一人は凌の肉袋を舐めだした。

(エグい、この誘惑はエグすぎる)

全身を女体に包まれる想像を絶した快楽に、凌は悶絶したが、それ以上に美咲が狂った。

「ダメ、いま、そこを舐めないで、小林くんのおち×ちんが入った状態で、そこを舐められると、ひぃぃ、気持ちよすぎるぅぅ！　おかしくなる、おかしくなっちゃう♪　イイ——!!!」

ガクガクと全身を痙攣させながら美咲は絶頂した。膣洞もキュンキュンと締めてくる。

(あ、美咲さんのオマ×コ、やっぱりすごい気持ちいい。搾り取られる)

ドビュッ！

美咲の絶頂につられて、凌もまた射精してしまった。

「あ、あああん、キター。オマ×コの中でおち×ちんが暴れているの、ああ、ビュウビュウいっていいの。気持ちいい、これがいいの♪」

ドビュビュビュ!!!

膣内射精をされたことで、美咲の体はいちだんと高い絶頂に達したようだ。クールビューティの面影などどこかに吹き飛んだ牝の表情でビクビクと痙攣を起こした。

「まぁ、美咲さまのイキ顔、素敵♪」

冠城は感嘆の声をあげ、友梨佳は凌との接吻を外す。

「女はやっぱり、男にやられているとき、いえ、種付けされているときが一番輝くわね。美咲のこんなにいい表情初めて見た」

女子高の生徒たちは、自分たちの生徒会長のイキ顔を感動の表情で観察している。

本来、愛する男にのみ見せる女のもっともプライベートな表情を友だちに見られて、美咲はより深い絶頂に落ちたようだ。

逸物の強度が失われると、美咲はそのましゃがみこむ。

「ああ、最高……」

恍惚と溜め息をついた美咲は振り向くと、凌の腰を両手で抱き、半萎えでさまざまな液体で穢れた男根を口に運んだ。

「う、うむ……うむ、うむ」

無心に逸物にしゃぶりつく美咲の姿を、周囲の女の子たちは股間を抑えながら羨ましそうに見守る。

やがて丁寧に舐め清められた逸物があたりまえのようにそそり立つと、口から抜いた美咲は頬擦りをしながら見あげてきた。

「ねぇ、小林くん、わたしからもお願いしていいかしら？　このおち×ちんを、この子たちにも入れてあげて」

「いや、でも……」

「わたし、同性愛にはぜんぜん興味なかったから、誘われるたびに断っていて、少し罪悪感を覚えていたの。でも、小林くんといっしょなら楽しめそう。男一人に大勢の女がやるのをなんていったかしら、ハーレムセックス？　というのでしょ。それならわたしも参加できるわ」

美咲の宣言に、あたりから歓声があがる。

「さすが美咲、わたしたちの生徒会長。器が大きいわね」

「こんなに気持ちいいおち×ちんを独り占めしていたら、友情にヒビが入りそうだからね」

逸物を擦りながら莞爾と笑う美咲を見下ろし、軽く額を押さえた凌は頷いた。

「わかりました。きみたち五人を、ぼくのおち×ぽ奴隷にします」

「やったー」

歓声をあげる女の子たちを凌は押し倒し、片っ端から逸物をぶち込んでやった。

「さぁ、バスが出るまで、まだ二時間あるわ。たっぷり楽しみましょう」

「あはは、ハーレムセックスって。女同士よりは健全よね」

友人たちとのわだかまりは解消したのだろう。ハーレムセックスに興じながら、美咲も華やかに笑っている。

「ひぃあ」

ふいに美咲の悲鳴が聞こえてきた。

「ああ、清水お姉さまのオマ×コ、男の味がしますわ」

冠城が美咲の陰唇を舐めている。

「あ、ちょっと、冠城さん、わたしは女同士には興味がないって、ああ、吸わないで。せっかく小林くんからもらった精液を吸い出すなんてひどいわ」

「ダメです。わたくしたちはまだ学生なんですから。妊娠したら大変ですよ〜。それにどうせすぐにまたいっぱい注がれるんでしょ、ひぁあ、ちょっと小林、このタイミングで入れるとか」

「あはは、キミはぼくの肉便器になったんだろ。なら、この気持ちいいオマ×コに、いつおち×ちんを入れるのもぼくの自由のはずだ」

精液の詰まった美咲の陰唇にクンニしている冠城の背後から逸物を入れた凌は、力の限り腰をふるった。

「まったく男ってほんと、下半身の生き物ですのね。でも、そこがいいですわ。まさに肉バイブ。ああん、たまりませんわ」

＊

（あ、ここは極楽だ……）

中学校時代の憧れの美少女美咲と、その友だちで凌とはまったく縁もゆかりもない五人の美少女。計六人とのハーレムセックスに酔いしれていたときだ。

再び扉が開いて、左右非対称な髪型をした少女がひょこっと顔を覗かせる。

「ここにいた」

「っ⁉」

驚く凌たちをよそに、室内の惨状を一瞥した花音は、スマホで連絡をする。

「小林発見。浮気中だった」

ほどなくして室内に、二見高校の女生徒たちが乱入してきた。

もとからいた聖母学園の生徒会メンバー六人と合わせれば、女の数は十二人となる。八畳一間の部屋に、これだけの人数が集まるとさすがに狭い。女の匂いでむせ返るようだ。

ハーレムセックスの惨状を見下ろして、良子、詩織、純、あかり、実和子は呆れた表情になる。

代表した良子が口を開いた。

「会長、こんなところでなにをやっているのですか？」

「こ、これは……」

言い訳できない湊に代わって、裸の友梨佳は悠然と応じる。

「見てのとおり、あたしたちは小林の恋人だよ。恋人同士の愛の営みを邪魔するのは野暮というものではないかしら？」

「ふざけるな！　生徒会長はあたしたち、二見高校女子全員の恋人だ！」

剣呑《けんのん》に応じたのは、純だ。

大きな乳房を左腕で抱くようにして、右手で赤い縁の眼鏡を整えた詩織が陰々とした声を出す。

「わたしたちというものがありながら、女子高相手にハーレムとか」

「いや、これなんというか、成り行きで」

そんな二見高校の生徒たちの会話に、美咲が反応した。

「もしかして、あなたたちみんな……」

詩織はニッコリと魔女的な笑顔で応じる。

「ええ、清水さんのご想像のとおり、わたしたちはみんな小林くんとお付き合いさせてもらっているわ」

「六人も……。共学ってすごいのね」

女子高の生徒のつぶやきに、あかりが応じる。

「いやいやいや甘いね。修学旅行に参加している三年生女子は全員、小林くんに処女をあげちゃっている」

「っ!?」

美咲は目を剝いて絶句してしまう。

そんな光景をよそに、実和子がしみじみと語る。

「でも、さすがです。小林くんのモテぶりはわたしなんか想像もできない頂《いただき》にいたんですね」

「うん、まさに二見高校の種馬」

花音の言葉に、残りの少女たちも同感といった顔で頷く。

「いや、モテるというよりも、単に女子高だから男に飢えていた少女たちとたまたま出会っちゃっただけというか」

凌のグダグダとした言い訳を、良子が叩き斬る。

「いまさら会長のたらしぶりには驚きはしません!!!」

「すいません」

凌としても、なんでこんなことになったのかよくわからない。とりあえず謝るしかなかった。

そこにあかりが声をあげる。

「問題は、聖母学園の連中になんかには負けられないってことだよね」

「おう」

実和子と花音が右手をあげた。

それを見た良子と詩織と純も同意する。

そして、二見高校の六人の生徒も制服を脱ぎ、下着を投げ捨てた。

新たに六体の美少女たちの裸体があらわとなる。

「ちょ、ちょっと君たち。なんで君たちまで脱ぐの?」

慌てる凌に、良子が勇ましく応じる。

「まだバスの出発まで一時間近くありますからね。それまでに会長は我ら二見高校のものだということを思い知らせてやりますわ」

それに友梨佳が叫ぶ。

「貴様らは共学なんだから、男なんていくらでもいるだろう。こいつはあたしらに譲りなさいよ」

あかりが負けじと叫ぶ。

「そんなのできるはずないじゃん。あたしは小林くんが好きなの」

「はい。そうでなければこんな不自然な付き合い方はしません」

実和子もきっぱりと断言する。

「二見高校の女子は、小林のおち×ちんでないと満足できない体」

花音も真面目に応じる。

さらに良子が叫ぶ。

「小林くんは、わたしたちの二見高校の生徒会長なのだから、そのおち×ちんは我々二見高校の生徒が真っ先に楽しむ権利があります」

「面白いわ。わたしたちと張り合おうというの。真の大和撫子《やまとなでしこ》を見せて差しあげますわ」

美咲は立ちあがり、それに聖母学園の女子たちも続く。

二見高校の女子と、聖母学園の女子は、凌を挟んでにらみ合うと、まるで乳房を武器だと思っているのか、互いの乳首で角《つの》突き合わせる。

そんな一寸即発のなか、凌は溜め息をつく。

「あはは……とにかくやるしかないか」

自分がエッチし、処女を割ってしまった女の子たちである。無碍《むげ》にはできない。

「こらこら、喧嘩しないで。やりたい子は全員やってあげるから」

凌の言葉に、女の子たちの視線がいっせいに集まる。

「言いましたね」

良子が言質《げんち》をとったといいたげに叫んだ。

「言っちゃいましたね」

詩織はニヤリと陰険に笑う。

「女の性欲を甘く見ないほうがいいと思うがな」

と純は挑発的に笑う。

「小林くんができるというのなら、やってもらいましょう」

美咲まで挑発的だ。

（うっ、あと一時間でこの人数を満足させないといけないのか。ああ、もうこうなったら自棄《やけ》だ。やってやる）

肚《はら》をくった凌は叫んだ。

「よし、わかった。もう時間がないことだし、エッチしたい人は、お尻をこっちに突き出して」

「は〜い」

裸の女の子たちは、凌を中心として四つん這いになり、お尻を突き出してきた。

（うわ、三百六十度、どこを見ても美少女たちのお尻。そして、オマ×コだ）

大きな尻もあれば、小さな尻もある。すでに中出しされてしまった膣もあれば、まだ満足に濡れていない膣もあった。

おかげで室内いっぱいに牝臭がこもって、息苦しいほどだ。

おそらくどの女の子も、独りではここまで大胆になれなかっただろう。みんな友だちもやっているから、という遊び感覚で暴走しているのだ。

「あはは、まったく……こんなにおいしそうなオマ×コを前にしたら我慢できないよ」

舌なめずりをした凌は、目についた膣孔に逸物を叩き込み、両手を左右に拡げて、二つの陰唇に指マンを施す。

「ああん」

「うん」

「気持ちいい」

三人の女の子の喘ぎ声が同時にあがる。

「小林くん、わたしもほしい」

不満の声をあげられても、凌の持ち逸物は一つ、腕は二つしかない。さすがに十二人もいると、全員の女の子を同時に愛撫することは不可能だ。

「おち×ちんは一本しかないんだから、少し待っていて。慌てないでも、全員にきっちり入れるよ。全部、ぼくのオマ×コだからね」

「はぁ〜い」

素直な女の子たちの膣孔を順番に、凌は逸物を入れたり、指マンを施す。

「あん、あん、あん」

女の子たちの喘ぎ声が絶え間なく室内に響き渡る。

（こうやって連続で入れていると、女の子たちの膣洞にもみんな個性があるのだとい

うことが否応なくわかるなぁ）

絶世の美人である美咲の膣洞は、カズノコ天井というやつだろう。亀頭部周りにぶつぶつとした肉襞が絡みついてくるのが印象的だ。

ごく平均的な女子高生体型のあかりであったが、膣洞は非凡なようで、世に名器として知られるミミズ千匹のような気がする。幾筋もの襞肉がぬるぬると絡みついてくるのだ。

ふんわり柔らか体型の実和子の膣洞は、湯開《ゆぼぼ》と呼ばれる形だと思う。とにかく温かく汁気が多いのだ。

妖精のような小尻の花音の膣洞は、蛸壺型。逸物を奥に吸い込まれるような感覚に陥る。

凹凸に恵まれた詩織の膣洞は巾着《きんちゃく》型のようだ。入口がきゅっと締まって、中では好き勝手に暴れることができた。

小柄な体系の良子の膣洞は、やはり狭い。深度も浅く子宮口をガンガン突くことができる。

締まりのよさという意味では、純と友梨佳が双璧だ。剣道や空手で体を鍛えているゆえだろう。ただ純のほうが脂の乗っているぶん、抱き心地がいい。純粋な膣圧という意味なら、友梨佳が一番かもしれない。

いずれにせよ、どの少女も外見的に魅力的なだけではなく、膣洞もまた素晴らしいと言わざるをえない。

（くぅ～、どのオマ×コも気持ちいい。ち×ぽが溶ける。溶けちゃう。おち×ぽが溶けるほどに気持ちいい）

十二種類の温室に行き来する逸物は、アイスキャンディのように溶けてしまいそうだ。

溶ける前に活用しようと、凌は夢中になって腰を使った。

それでいて念仏のように自己暗示をかける。

（出るな。出るな。出るな。いま、射精したらアウトだぞ）

もちろん凌は、思春期真っ盛りの男子だ。抜かず三発ぐらい平気でいれる自信はあった。

しかし、ここには十二人の女の子がいるのだ。

だれか一人の女の子の中に射精したら、残りの十一人の中にも出さないと不公平ということになるだろう。

さすがにあと残り一時間あまりで、十二発もする自信はなかった。

となると残りの手段は一つだ。十二人の女体のいずれの中でも射精しない。平等に扱うにはそれしか手段がなかった。

凌は死ぬ気で奮闘しているのだが、女の子たちはやはり暇になる。互いに肌をこすりつけたり、オナニーしたりしながらおしゃべりに興じている。

「みんなでこうやって小林くんのおち×ちんを楽しめるだなんて、修学旅行のいい思い出だね」

あかりの明るい言葉に、みんな頷く。

「修学旅行で、憧れの小林くんに処女をもらってもらえて。そのうえ聖母学園の人たちといっしょにエッチを楽しむだなんて、一生忘れない思い出になったよ」

感慨深げに頷きながら膝立ちとなった実和子は、プリンおっぱいを凌の顔の左側面から押し付けてきた。

「お、おっぱいは大きければいいというものではありませんのよ。形が大事ですの、形が！」

実和子の巨乳に圧倒されたらしい冠城であったが、負けじと凌の顔に自らの乳房を押しつけてきた。

おかげで凌の顔は、左右から乳房に挟まれてしまう。

「こらこら、喧嘩しない」

窒息死しそうになりながらも凌は、左右の乳首を交互に吸って宥める。

赤い眼鏡をかけた詩織は、隣の美咲に話しかけていた。

「まさか清水さんとこういう関係になるとは思わなかったわ」

「そうね。中学時代は小林くんをめぐって恋敵《こいがたき》になるかも、とは思ったけど、まさか同時にやられる関係になるとは予想もしなかったわ」

同じ中学校出身の才媛二人は、苦笑しながら軽く肩を竦める。

「わたしは小林くんを自分好みの男に育てようと思ったんだけど、ここまでモテモテ男になるとは計算外だわ」

「ふっ、策士策に溺れるってやつね」

「反論の言葉もないわ。でも、清水さんと楽しむハーレムセックス、悪くないわね」

背後から凌に交互に犯されながら、美咲と詩織は接吻し、互いの乳房を揉み合った。

やがて時計を見た良子が声をあげる。

「会長、そろそろ時間です。バスに乗る準備をしないと」

一時間に渡って十二人の美少女オマ×コを掘りまくる耐久レースを、凌はやりきったのだ。

安堵とともに逸物のタガが外れる。

「うおおぉぉぉ!!!」

雄叫びとともに、濡れそぼった熱い膣孔から引っこ抜いた逸物が爆発する。

ドビュッ！　ドビュッ！　ドビュユユユユ――――ッ!!!

まるで十二人の女の子すべての膣内に射精したかのような満足感に囚われながら盛大に噴きあげた白濁液は、裸体の少女たちのお尻から背中に浴びせられた。

（ふぅ……気持ちよかった。エッチな女の子たちって最高）

やりきったという達成感と、我慢に我慢を重ねたうえでの開放感。その満足感に浸っている淩に、すばやく制服を着た二見の女生徒たちは制服を着せる。

「さぁ、急いでください。バスに遅れますよ」

「あ、ちょっと……」

足をもつれさせる淩の手を、あかりが曳く。

「続きはバスの中で楽しもうね」

「あ、ずるい……」

取り残された美咲たち聖母学園の女子たちが不満の声をあげた。

秀《ひい》でた額をキラリと輝かせた良子は、扉を閉めながら応じる。

「二見高校の生徒会長のおち×ちんの管理は、我々生徒会が請け負っております。聖母学園への貸し出しの件は、おってご連絡させていただきます」

修学旅行が終わってからの凌の生徒会長としてのお仕事には、肉バイブという項目が加わったようである。

修学旅行《しゅうがくりょこう》はハーレム《はーれむ》 処女踊《しょじょおど》り食《ぐ》いの6日間《むいかかん》

著者◉竹内けん【たけうち・けん】

発行◉マドンナ社
発売◉二見書房 東京都千代田区神田三崎町二-一八-一一
電話 〇三-三五一五-二三一一(代表)
郵便振替 〇〇一七〇-四-二六三九

印刷◉株式会社堀内印刷所 製本◉株式会社村上製本所 落丁・乱丁本はお取替えいたします。定価は、カバーに表示してあります。
ISBN978-4-576-20003-3◉Printed in Japan◉©K.Takeuchi 2020
マドンナメイトが楽しめる! マドンナ社**電子出版**(インターネット)……https://madonna.futami.co.jp/

Madonna Mate